琼浆玉液
历代诗人咏葡萄酒精选集

王雁路◎主编

黄河出版传媒集团
宁夏人民出版社

图书在版编目（CIP）数据

琼浆玉液：历代诗人咏葡萄酒精选集 / 王雁路主编．
银川：宁夏人民出版社， 2024.7. -- ISBN 978-7-227
-08013-8

I. I22

中国国家版本馆 CIP 数据核字第 2024BB8705 号

琼浆玉液——历代诗人咏葡萄酒精选集 **王雁路 主编**

责任编辑 赵 亮 师传岩
责任校对 闫金萍
封面设计 黄 健
责任印制 侯 俊

黄河出版传媒集团
宁夏人民出版社 出版发行

出 版 人 薛文斌
地 址 宁夏银川市北京东路 139 号出版大厦（750001）
网 址 http://www.yrpubm.com
网上书店 http://www.hh-book.com
电子信箱 nxrmcbs@126.com
邮购电话 0951-5052104 5052106
经 销 全国新华书店
印刷装订 宁夏凤鸣彩印广告有限公司
印刷委托书号 （宁）0029943

开 本 787 mm×1092 mm 1/16
印 张 13
字 数 200 千字
版 次 2024 年 7 月第 1 版
印 次 2024 年 7 月第 1 次印刷
书 号 ISBN 978-7-227-08013-8
定 价 88.00 元

▲ 黄河　张春荣　摄

▲ 贺兰山　祁瀛涛　摄

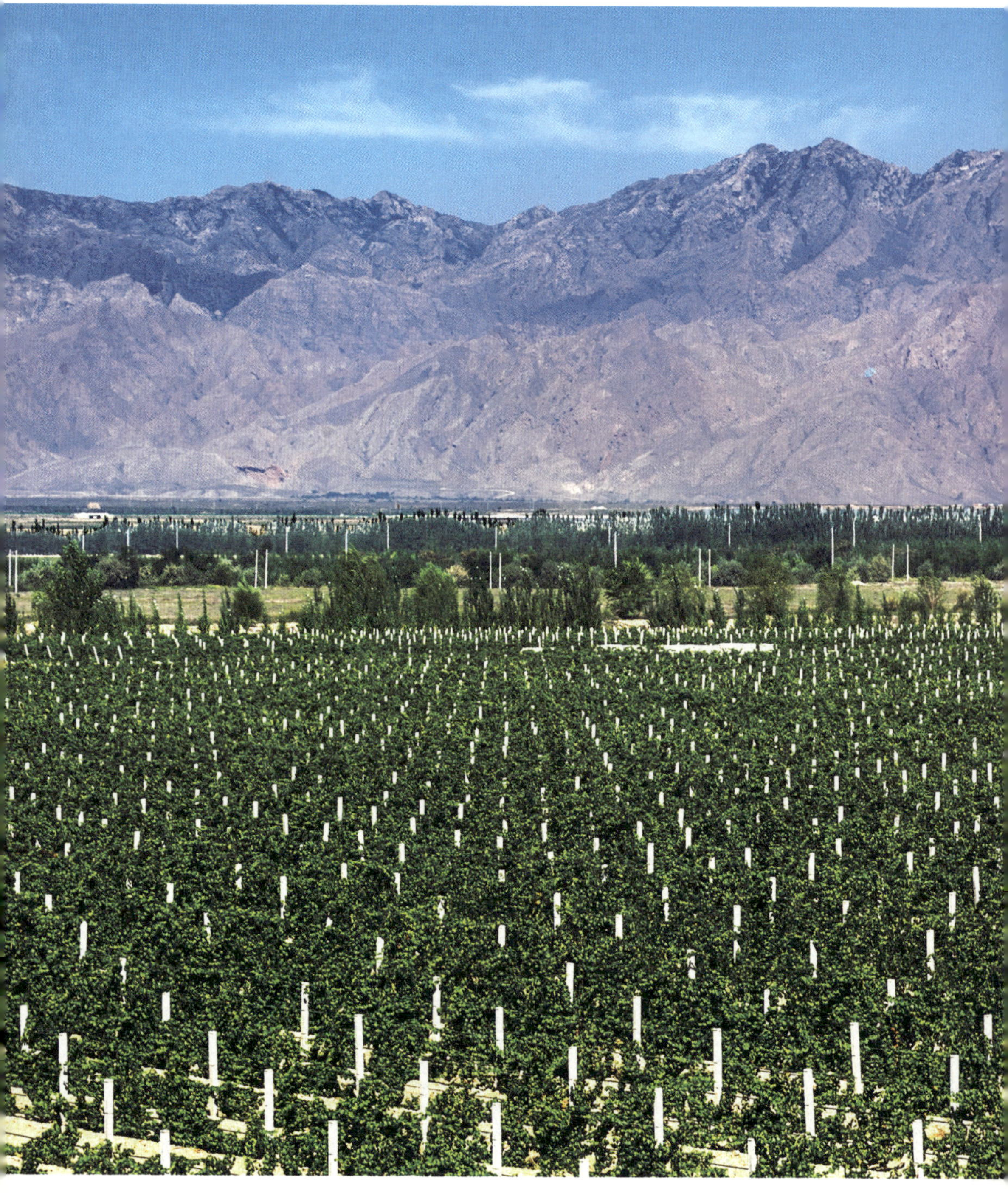

▲ 葡萄园　王宁　摄

▲ 贺兰红酒庄　史华　摄

▲ 酿酒葡萄　郭万柏　摄

▲ 鲜食葡萄　徐胜凯　摄

班馬鳴

暮從碧山下
山月隨人歸
卻顧所來徑
蒼蒼橫翠微
相攜及田家
童稚開荊扉
綠竹入幽徑
青蘿拂行衣
歡言得所憩
美酒聊共揮
長歌吟松風
曲盡河星稀
我醉君復樂
陶然共忘機

太白詩三首 樂而忘暑 沈鵬

戊寅之夏日于植壽居書

▶ 书法 诗三首 沈鹏

吾愛孟夫子風流天下聞紅顏棄
軒冕白首卧松雲醉月頻中聖
迷花不事君高山安可仰徒此
挹清芬青山橫北郭白水繞東
城此地一為別孤蓬萬里征浮雲遊子
意落日故人情揮手自茲去蕭蕭

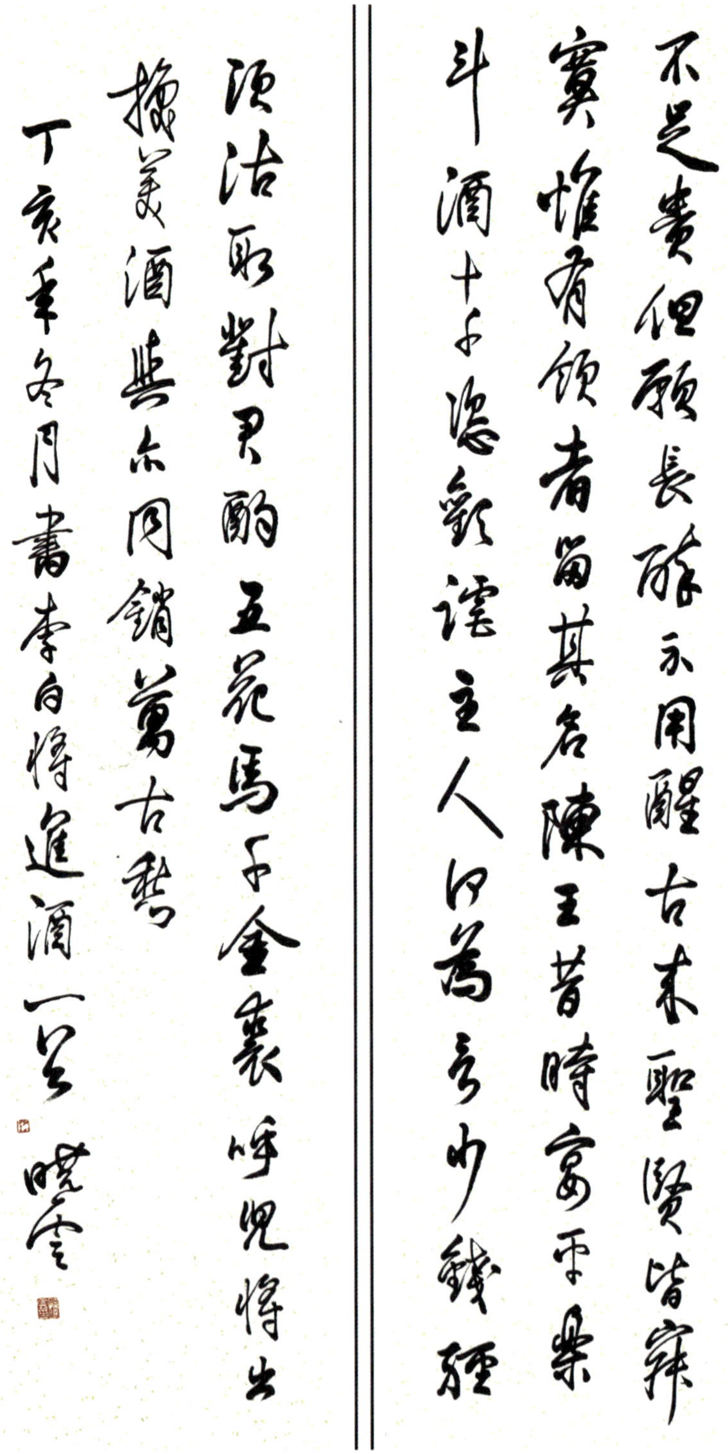
不足貴但願長醉不用醒古來聖賢皆寂
寞惟有飲者留其名陳王昔時宴平樂
斗酒十千恣歡謔主人何為言少錢徑
須沽取對君酌五花馬千金裘呼兒將出
換美酒與爾同銷萬古愁
丁亥年冬月書李白將進酒一首
曉雲

▶ 书法　将进酒　孙晓云

君不見黃河之水天上來奔流到海不復回君
不見高堂明鏡悲白髮朝如青絲暮成雪人
生得意須盡歡莫使金樽空對月天生我材
必有用千金散盡還復來烹羊宰牛且為樂
會須一飲三百杯岑夫子丹丘生將進酒君莫
停與君歌一曲請君為我傾耳聽鐘鼓饌玉

▲ 国画　酒儒饮乐图　张少山

雨浥贺兰山黛 丁酉初冬贺少山画于画室 敬贺都和堂

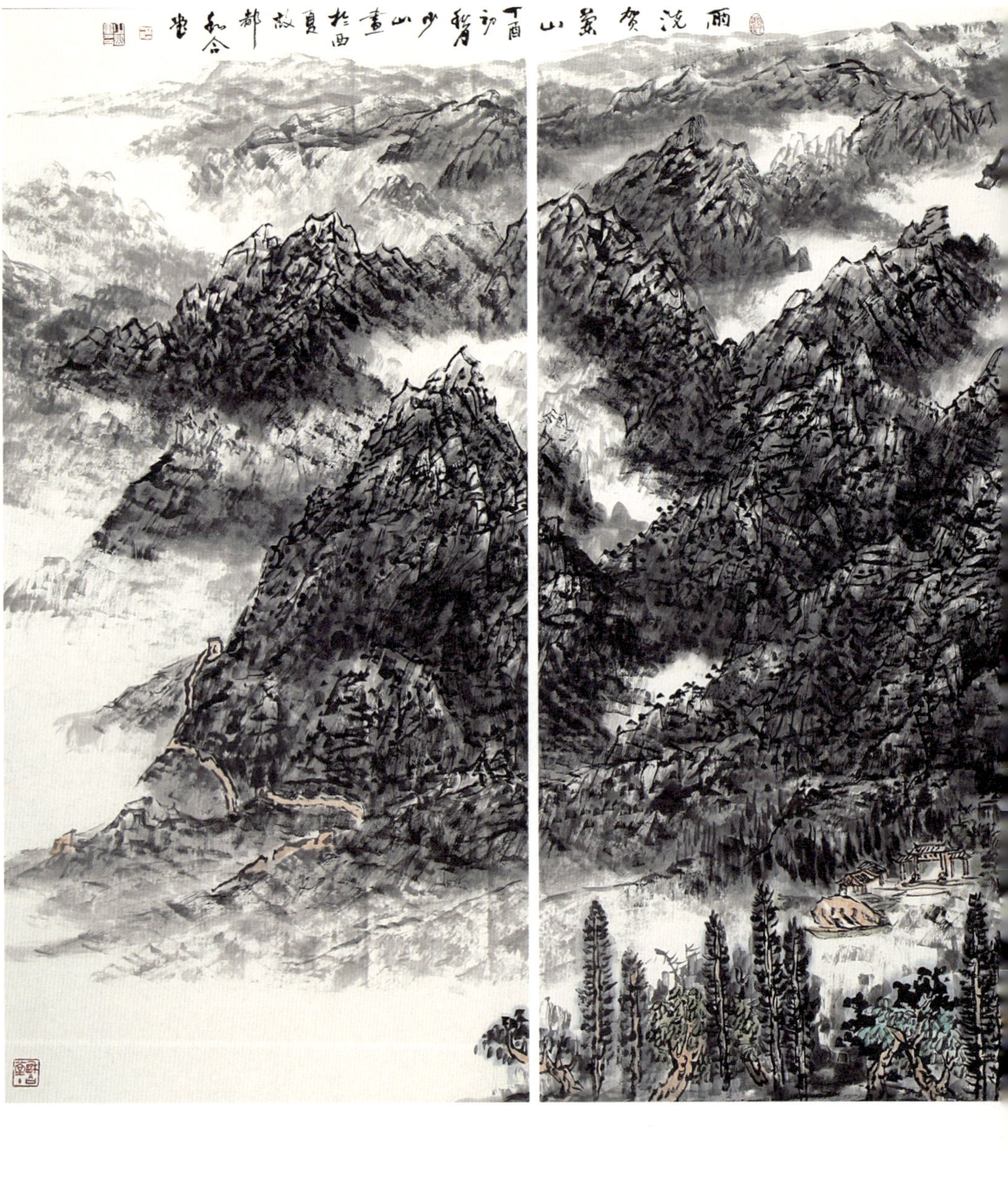

▲ 国画　雨洗贺兰山　张少山

▲ 银色高地　供图

潮涌贺兰东　诗酒两相融

宁夏贺兰山东麓是业界公认的世界上最适合种植酿酒葡萄和生产高端葡萄酒的黄金地带之一。宁夏葡萄酒产业起步于 1984 年。2003 年，宁夏贺兰山东麓被确定为国家地理标志产品保护区，2013 年被编入《世界葡萄酒地图》，成为世界葡萄酒产区新板块。

2016 年 7 月，习近平总书记到宁夏视察时指出，中国葡萄酒市场潜力巨大。贺兰山东麓酿酒葡萄品质优良，宁夏葡萄酒很有市场潜力，综合开发酿酒葡萄产业，路子是对的，要坚持走下去。

2020 年 6 月，习近平总书记到宁夏视察时指出，随着人们生活水平不断提高，葡萄酒产业大有前景。宁夏要把发展葡萄酒产业同加强黄河滩区治理、加强生态恢复结合起来，提高技术水平，增加文化内涵，加强宣传推介，打造自己的知名品牌，提高附加值和综合效益。宁夏葡萄酒产业是中国葡萄酒产业发展的一个缩影，假以时日，可能 10 年、20 年后，中国葡萄酒“当惊世界殊”。

2024 年 6 月，习近平总书记到宁夏视察时指出，葡萄酒、枸杞等特色产业，要精耕细作、持续发展。要深入思考如何才能在竞争中持续发展。品牌塑造需要久久为功。一定不要有浮躁心理，脚踏实地去积累，酒好不怕巷子深。

春秋以来，历代诗人都有描写葡萄的诗词歌赋：“六月食郁及薁，七月亨葵及菽，八月剥枣，十月获稻。”（《诗经·七月》），“绵绵葛藟，在河之漘。”（《诗经·葛藟》），“葛藟累于桂树兮，鸱鸮集于木兰。”（西汉·刘向《九叹》），“揽葛藟而授余兮，眷峻谷曰勿坠。”（东汉·班固《幽通赋》），“有葛藟木之覃及，象椒聊之众多。”（西晋·陆机《瓜赋》），“种葛南山下，葛藟自成阴。”（曹魏·曹植《种葛篇》），“紫藤萦葛藟，绿刺罥蔷薇。”（唐·杜审言《都尉山亭》）。

一千多年前，唐代诗人韦蟾行吟到银川平原，看到贺兰山下富饶丰沃的美景，情不自禁写下“贺兰山下果园成，塞北江南旧有名”的名句，让塞上江南名扬千古。

宁夏贺兰山东麓产区土壤矿物质丰富，气候干燥少雨、日照充足、昼夜温差大，黄河灌溉便利，为酿酒葡萄的生长提供了得天独厚、不可复制的风土环境。这里产出的酿酒葡萄具有香气发育完全、色素形成良好、糖酸度协调等特征，酿出的葡萄酒具有“酒体饱满、香气馥郁，糖酸适度、甘润平衡”的典型中国风格和东方特质。

2021年，国家葡萄及葡萄酒产业开放发展综合试验区、中国（宁夏）国际葡萄酒文化旅游博览会两个“国字号”平台落户宁夏。宁夏贺兰山东麓葡萄酒产区先后荣膺“世界十大最具潜力葡萄酒旅游产区”“全球葡萄酒旅游目的地”。举办9届宁夏贺兰山东麓国际葡萄酒博览会、3届中国（宁夏）国际葡萄酒文化旅游博览会，架起了宁夏与世界互动交流的新桥梁。宁夏贺兰山东麓葡萄酒产区是承载国家使命的产区，是真正意义上的酒庄酒产区，是与国际标准接轨的产区，是全产业链融合发展的产区，是制度标准和政策体系相对完善的产区。

《琼浆玉液——历代诗人咏葡萄酒精选集》通过葡萄酒诗词、葡萄图片、葡萄书画作品 “三位一体”立体表现，展示美酒、美景和不可辜负的诗与远方，使中国葡萄酒文化焕发出史诗般的魅力。从某种意义上讲，《琼浆玉液——历代诗人咏葡萄酒精选集》承载着弘扬中国葡萄酒文化的历史使命。该书选录了自唐代以来描写葡萄酒的诗词作品109首，时间跨度大、内容丰富、图文并茂。展卷阅读之际如饮甘醇，虽不是真正意义上的美酒却胜之。因为这些诗词就是一樽历史文化的琼浆玉液，是精神的美酒，更能沁人心脾，润人心智，拓人视野，展人胸襟。

▲ 贺兰山　徐胜凯　摄

宁夏葡萄酒 诗酒共舞贺兰山

在中国的西北部，有一片被黄河环抱、贺兰山守护的神奇土地——宁夏。这里，葡萄与诗歌共舞，葡萄酒与山水相依，形成了一道独特的风景线。贺兰山，这座矗立在宁夏平原上的巍峨山脉，不仅是大自然的杰作，更是宁夏葡萄酒产业的摇篮。

贺兰山东麓阳光充足，昼夜温差大，为酿酒葡萄的生长提供了得天独厚的环境。这里的葡萄，经过精心培育，色泽鲜艳、果粒饱满、香气浓郁。在贺兰山东麓的葡萄园里，每一颗葡萄都仿佛在诉说着一个故事，它们在阳光、雨露、山风的滋润下茁壮成长，最终结出了酸甜适度的果实。这些果实经过精心酿造，变成了香气四溢、口感醇厚的葡萄酒。宁夏的葡萄酒产业已经成为了当地经济的“紫色名片”。越来越多的人来到这里，不仅为了品尝美酒，更是为了感受这片土地上的文化和历史。

在这里，你可以参观葡萄园、了解酿酒工艺、品尝各种口味的葡萄酒，还可以欣赏贺兰山的壮丽景色。贺兰山不仅是宁夏葡萄酒产业的摇篮，也是诗歌的灵感源泉。自古以来，无数文人墨客来到这里，为贺兰山留下了许多优美的诗篇。他们用文字描绘了贺兰山的壮丽景色和葡萄园的丰收景象，表达了对这片土地的热爱和对生活的感悟。在宁夏葡萄酒的世界里，诗酒共舞，贺兰山为证。这里的葡萄酒，不仅是一种饮品，更是一种文化、一种精神。它们是自然的恩赐，让人们感受到生活的美好，也让人们更加珍惜和保护这片美丽的土地。

如今，宁夏的葡萄酒已经走出了国门，走向了世界。它们在国际葡萄酒比赛中屡获殊荣，赢得了越来越多人的认可和喜爱。同时，宁夏也在不断加快葡萄酒产业的发展，提升葡萄酒的品牌知名度，让更多的人了解和品尝到宁夏的葡萄酒。未来，宁夏的葡萄酒产业将继续发展壮大，贺兰山将继续见证这片土地上的辉煌。让我们期待宁夏葡萄酒更多精彩的表现，期待贺兰山带来更多的惊喜和感动。

▲ 葡萄飘香　李共和　摄

目 录

唐朝

3 / 题酒店壁（其三） 王绩

4 / 凉州词（其一） 王翰

5 / 古从军行 李颀

6 / 襄阳歌 李白

8 / 对酒 李白

9 / 杂感 鲍防

10 / 燕河南府秀才得生字 韩愈

12 / 葡萄歌 刘禹锡

14 / 房家夜宴喜雪戏赠主人 白居易

15 / 轮台 无名氏

16 / 塞上曲二首（其一） 贯休

宋朝

21 / 题承诏亭 胡宿

22 / 谢并帅王仲仪端明惠葡萄酒 韩琦

24 / 寄宋许待制知越州 梅尧臣

26 / 次韵刘焘抚勾蜜渍荔支 苏轼

27 / 谢张太原送蒲桃 苏轼

28 / 颂古二十七首（其二十） 释昙贲

29 / 对酒戏咏 陆游

31 / 夜寒与客烧干柴取暖戏作 陆游

32 / 汉老弟寄和花发多风雨人生足别离韵十绝因和之（其八） 虞俦

33 / 湖州歌（其八十三） 汪元量

35 / 题明皇醉归图 艾性夫

元朝

39 / 西域蒲华城赠蒲察元帅 耶律楚材

40 / 初夏忆京城邻舍 柳贯

42 / 灵州 马祖常

43 / 和胡士恭滦阳纳钵即事韵五首（其一） 贡师泰

45 / 葡萄酒和州隐者持以劝余　安轴
46 / 姑苏感旧十首（其四）　叶兰
48 / 和散里平章游东安汪伯谅半山亭诗韵　何景福
49 / 和贾教授咏怀　谢应芳
50 / 十月六日席上与同座客陆宅之夏士文及主人吕希尚希远联句　杨维桢
51 / 从军行赠费指挥使二首（其二）　黄哲
52 / 红菊　贝琼
53 / 醉渔诗叶楚庭求赋　刘炳
54 / 寄河南卫镇抚赵克家叙旧　张昱
56 / 乌孙公主歌　孙蕡
58 / 葡萄酒　王翰

明朝

63 / 杨妃醉卧图　殷近仁
64 / 过高逸人别墅　林鸿
65 / 题画葡萄（故人毛楚哲作）　丁鹤年

67 / 画葡萄（其二） 刘璟
68 / 与梁指挥饮烧酒 李时勉
69 / 除夕（其二） 陈诚
71 / 葡萄酒 陈诚
72 / 猎骑图（其二） 商辂
75 / 雁门边人歌 陈赟
76 / 满江红·题把酒问月 倪谦
77 / 咏物（其三十二） 徐居正
78 / 题黄正春川明农亭诗卷（其三） 徐居正
79 / 曾知州送葡萄酒 胡俨
81 / 葡萄酒 苏葵
82 / 砺庵少保初度日酒阑石斋少保咏水晶葡萄为寿湖东少保有诗次韵冕亦继作 蒋冕
83 / 得伯循书将以十月见访 康海
84 / 冬日过范泉精舍 冯裕
85 / 燕京四时歌（其四） 徐祯卿
86 / 古塞上曲七首（其四） 沈錬
87 / 四月南中词 黎彭龄
88 / 登崇文阁 陈琏
91 / 谢恩偶成 陈琏

92 / 题佚　李孟思
93 / 送闽藩从事吴景从考满赴铨科　王恭
94 / 赠戴竹林　陈良弼
95 / 王若水石榴枇杷图（其一）　张宁
97 / 凉州乐　卢楠
98 / 临洮院后较射亭放歌行　赵贞吉
99 / 华阳行赠王孝廉归晋陵　欧大任
100 / 蒲桃　徐渭
102 / 塞上歌十首送王侍郎赴蓟镇（其九）　宗臣
103 / 寄甘肃侯中丞儒宗　王世贞
104 / 春宫曲　王世贞
105 / 赠别于鳞还邢州（其三）　王世贞
107 / 清江引　汤显祖
108 / 花朝曲（其五）　李良柱
110 / 容亲家惠寿品有西洋酒并诗依韵　黄公辅
111 / 春堤　谢长文
112 / 饮杜韬武将军清汉山房（其二）　阮大铖
113 / 闻关门警（其三）　阮大铖
115 / 邓道鸣阃帅招集邻霄台送邓汝高计部还朝　徐熥
116 / 凉州词　张恒
117 / 白纻歌二首（其一）　胡应麟

清朝

121 / 送陇右道吴赞皇之任　吴伟业
122 / 冬夜同秋岳舒章凫公集尔唯菊房限韵（其二）　龚鼎孳
123 / 题壁　毛奇龄
124 / 就亭醉歌答李宗伯　施闰章
126 / 大都宫词（其三）　屈大均
127 / 广州荔支词（其四十五）　屈大均
128 / 送曾青藜归光福山　吴绮

131 / 再宿韦玄锡茂林率作志别 陈恭尹
132 / 贺新郎·送姜西溟入都 陈维崧
134 / 登李白酒楼 梁佩兰
136 / 古银槎歌赠荔裳 曹尔堪
139 / 秋怀诗（其十） 查慎行
140 / 次开原县 杨宾
141 / 送色侍郎奉使西宁督理兵饷 汤右曾
142 / 金缕曲·自题和竹垞洞仙歌后并柬仲湘三十七叠前韵 叶绍本
144 / 边关行 谭钟钧
146 / 家大人命赋来青之室谨成长歌 李振钧
148 / 感事三首（其一） 黄遵宪
151 / 水龙吟 文廷式
152 / 陈敬如过衙斋共晚餐而出徘徊桥下久而别去归而遂次其见投之韵（其一） 范当世
154 / 无题三十首步悔痴韵 罗秀惠
155 / 绿牡丹 王家枢
156 / 虞美人 陈步墀

近现代

161 / 范大当世由天津寄示和曾广钧诗感而酬之末章并及朝鲜兵事（其一） 陈三立
162 / 骆驼山夜饮 袁文
163 / 大风雨中渡饮马河 连横
165 / 金缕曲·闻军中 张尔田
166 / 清平乐（其十二） 吴湖帆
168 / 儿童杂事诗乙编儿童故事诗（其九） 周作人

第一篇

唐朝

葡萄美酒夜光杯，欲饮琵琶马上催。

独卧幽篁里 举杯自吟敬 莫厌人不知 邀明月来相邀

拟写王维诗句 以见独坐幽境怡身得 己卯春日李白饮酒图 于戊春和

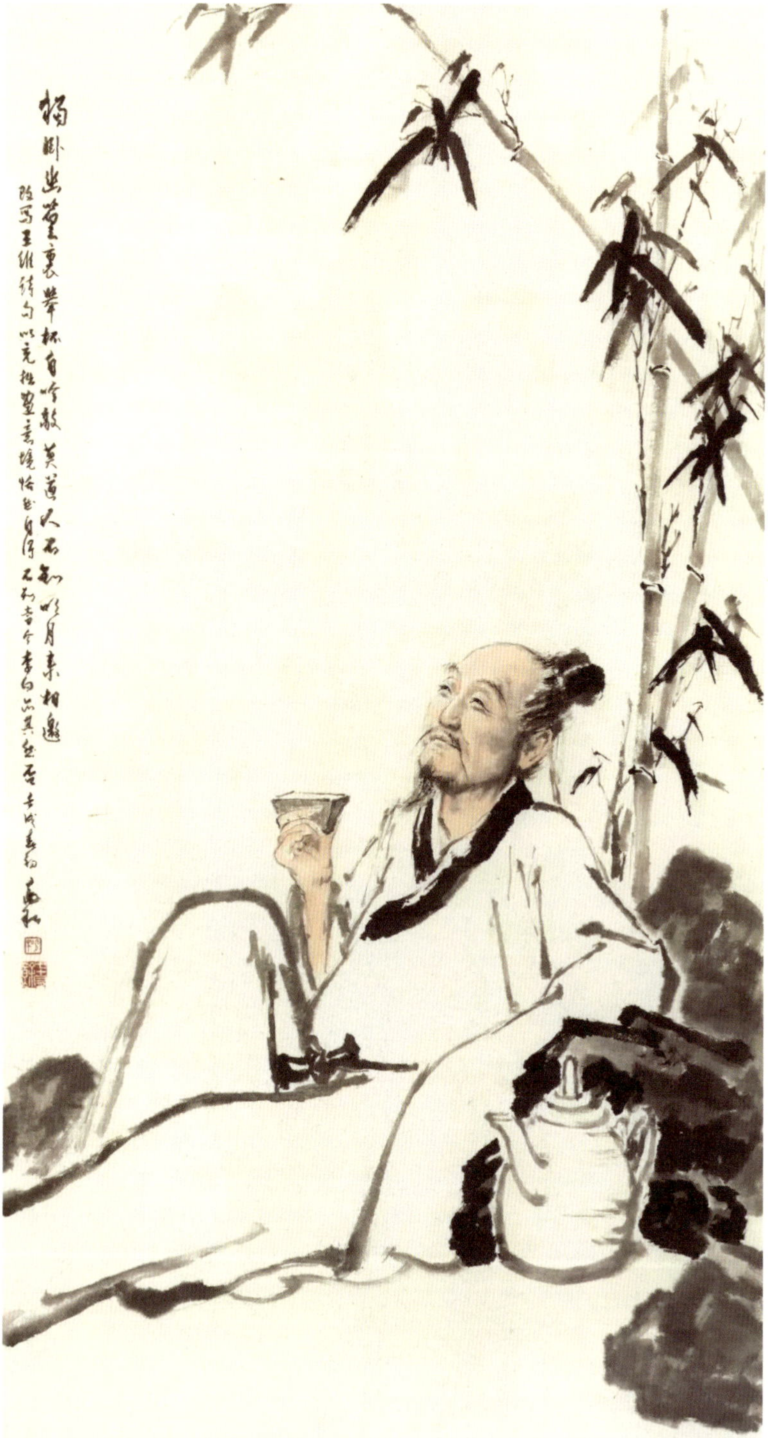

▶ 国画 太白醉酒 蒋兆和

题酒店壁

（其三）

王　绩

竹叶连糟翠，蒲萄带曲红[1]。
相逢不令尽，别后为谁空。

王绩（约589-644），字无功，绛州龙门（今山西河津）人。其诗多写饮酒及隐逸田园之趣，赞美嵇康、阮籍和陶潜，嘲讽周、孔礼教，以抒怀才不遇之苦闷，语言朴素自然。有《王无功文集》。

① 曲红：酒的颜色。

凉州词

（其一）

王　翰

葡萄美酒夜光杯[①]，欲饮琵琶马上催。
醉卧沙场君莫笑，古来征战几人回。

王翰，字子羽，晋阳（今山西太原西南）人。景龙进士。开元中任秘书正字、通事舍人等职，后贬官仙州别驾、道州司马。其诗善写边塞生活，《凉州词》尤有名。原有集十卷，已佚。

① 夜光杯：美玉所制酒杯，因夜间发光，故名。

古从军行

李　颀

白日登山望烽火，昏黄饮马傍交河。
行人刁斗[①]风砂暗，公主琵琶幽怨多。
野营万里无城郭[②]，雨雪纷纷连大漠。
胡雁哀鸣夜夜飞，胡儿眼泪双双落。
闻道玉门犹被遮，应将性命逐轻车。
年年战骨埋荒外，空见蒲萄入汉家。

李颀（690–754），郡望赵郡（今河北赵县），玄宗开元二十三年（735）登进士第，曾官新乡尉。后人多称“李东川”。有《李颀诗》一卷。《全唐诗》编诗三卷。

①刁斗：古代行军用具。斗形有柄，铜质；白天用作炊具，晚上击以巡更。
②城郭：城墙，借指城市。

襄阳歌

李　白

落日欲没岘山西，倒著接䍦花下迷。

襄阳小儿齐拍手，拦街争唱白铜鞮。

傍人借问笑何事，笑杀山公醉似泥。

鸬鹚杓，鹦鹉杯，百年三万六千日，一日须倾三百杯。

遥看汉水鸭头绿，恰似蒲萄初酦醅①。

此江若变作春酒，垒曲便筑糟丘台。

千金骏马换少妾，醉坐雕鞍歌落梅。

车傍侧挂一壶酒，凤笙龙管②行相催。

咸阳市上叹黄犬，何如月下倾金罍③。

君不见晋朝羊公一片石，龟龙剥落生莓苔。

① 酦醅：重酿未滤的酒。

② 龙管：笛子的美称。

③ 金罍：镶有黄金的酒器。

泪亦不能为之堕，心亦不能为之哀。
谁能忧彼身后事，金凫[①]银鸭葬死灰。
清风朗月不用一钱买，玉山自倒非人推。
舒州杓，力士铛，李白与尔同死生。
襄王云雨今安在，江水东流猿夜声。

李白（701–762），字太白，号青莲居士，自称祖籍陇西成纪人（今甘肃静宁西南），是屈原以来最具个性特色和浪漫精神的诗人，达到盛唐诗歌艺术的巅峰。被后人誉为“诗仙”。与杜甫齐名，世称“李杜”。《蜀道难》《行路难》《梦游天姥吟留别》《静夜思》《早发白帝城》等诗，皆为人传诵。有《李太白集》。

① 金凫：金铸的凫，帝王陪葬品。

对酒

李　白

蒲萄酒，金叵罗，吴姬十五细马①驮。
青黛②画眉红锦靴，道字③不正娇唱歌。
玳瑁筵中怀里醉，芙蓉帐④底奈君何。

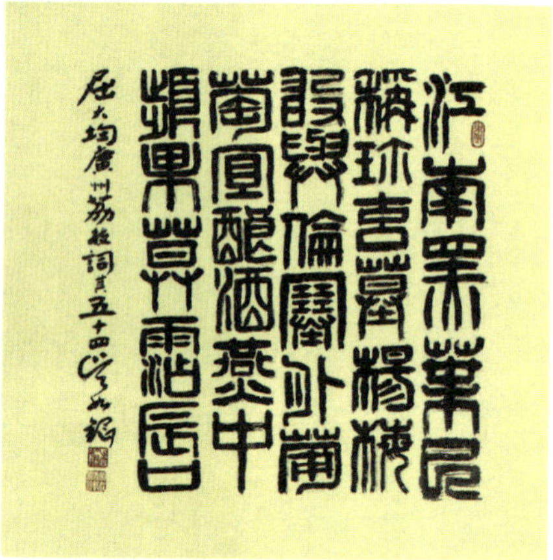

▶ 书法　广州荔支词　吴如钢

① 细马：指小马。

② 青黛：青黑色的颜料。古代女子常用以画眉。

③ 道字：吐字，咬字。

④ 芙蓉帐：用芙蓉花染缯制成的帐子。泛指华丽的帐子。

杂 感

鲍 防

汉家海内承平[1]久，万国戎王[2]皆稽首[3]。
天马常衔苜蓿花，胡人岁献葡萄酒。
五月荔枝初破颜[4]，朝离象郡夕函关。
雁飞不到桂阳岭，马走先过林邑[5]山。
甘泉御果垂仙阁，日暮无人香自落。
远物皆重近皆轻，鸡虽有德不如鹤。

鲍防（722—790），字子慎，洛阳（今属河南）人。玄宗天宝十二载（753）登进士第，授太子正字。与良辅并称“鲍谢”。有《鲍防集》五卷，又《杂感诗》一卷，均佚。《全唐诗》存诗八首，杂有鲍溶诗。

① 承平：治平相承；太平。
② 戎王：春秋时戎族首领。指少数民族首领。
③ 稽首：古时一种跪拜礼，叩头至地，是九拜中最恭敬者。
④ 破颜：比喻果实成熟或花朵开放。
⑤ 林邑：南海古国名。

燕河南府秀才得生字

韩　愈

吾皇绍祖烈，天下再太平。
诏下诸郡国，岁贡乡曲英。
元和五年冬，房公尹东京。
功曹上言公，是月当登名[①]。
乃选二十县，试官得鸿生[②]。
群儒负己材，相贺简择[③]精。
怒起簸羽翮，引吭[④]吐铿轰[⑤]。
此都自周公，文章继名声。
自非绝殊尤，难使耳目惊。
今者遭震薄，不能出声鸣。
鄙夫忝县尹，愧慄[⑥]难为情。

①登名：上闻。具名上奏。
②鸿生：鸿儒；博学之士。
③简择：选择。
④引吭：拉开嗓子。谓高鸣或高声吟唱。
⑤铿轰：指洪亮的声音。
⑥愧慄：惭愧惶恐。

惟求文章写，不敢妒与争。
还家敕妻儿，具此煎炰烹。
柿红蒲萄紫，肴果相扶檠。
芳茶出蜀门，好酒浓且清。
何能充欢燕，庶以露厥诚。
昨闻诏书下，权公作邦桢[①]。
文人得其职，文道当大行。
阴风搅短日，冷雨涩不晴。
勉哉戒徒驭，家国迟子荣。

韩愈（768–824），字退之，河南河阳（今河南孟州南）人。唐文学家、哲学家。自谓郡望昌黎，世称韩昌黎。力反六朝以来的骈俪文风，提倡散体，与柳宗元同为古文运动的倡导者，并称“韩柳”。散文在继承先秦、两汉古文的基础上，加以创新和发展，气势雄健，被列为唐宋八大家之首。其诗风奇崛雄伟，力求新警，有时流于险怪。又善为铺陈，好发议论，后世有“以文为诗”之评，对宋诗影响颇大。诗与孟郊齐名，并称“韩孟”。有《昌黎先生集》。

① 邦桢：国家的支柱。

葡萄歌

刘禹锡

野田生葡萄，缠绕一枝高。
移来碧墀[①]下，张王日日高。
分岐浩繁缛[②]，修蔓蟠诘曲。
扬翘向庭柯[③]，意思如有属。
为之立长檠，布濩当轩绿。
米液溉其根，理疏看渗漉[④]。
繁葩组绶[⑤]结，悬实珠玑蹙。
马乳带轻霜，龙鳞曜初旭。

① 碧墀：美称青石台阶。亦指殿堂的玉石台阶。
② 繁缛：繁密茂盛。
③ 庭柯：庭园中的树木。
④ 渗漉：液体向下滴流。比喻恩泽下施。
⑤ 组绶：古人佩玉，用以系玉的丝带。

有客汾阴至，临堂瞪双目。
自言我晋人，种此如种玉。
酿之成美酒，令人饮不足。
为君持一斗，往取凉州牧。

刘禹锡（772–842），字梦得，洛阳（今属河南）人，自言系出中山（治今河北定州）。世称刘宾客。唐文学家、哲学家。和柳宗元交谊深厚，人称“刘柳”，晚年与白居易唱和甚多，并称“刘白”。其诗雅健清新，善用比兴寄托手法。又通医学，著有《传信方》。《天论》三篇提出“天与人交相胜”“还相用”的学说，驳斥了当时的“因果报应”论和“天人感应”说。有《刘梦得文集》。

房家夜宴喜雪戏赠主人

白居易

风头向夜利如刀，赖此温炉软锦袍。
桑落气薰珠翠暖，柘枝声引管弦高。
酒钩[①]送盏[②]推莲子，烛泪[③]黏盘垒蒲萄。
不醉遣侬争散得，门前雪片似鹅毛。

白居易（772–846），字乐天，晚年号香山居士。在文学上积极倡导新乐府运动，主张“文章合为时而著，歌诗合为事而作”，强调继承《诗经》“风雅比兴”的传统和杜甫的创作精神，反对“嘲风雪，弄花草”而别无寄托的作品。长篇叙事诗《长恨歌》《琵琶行》也很有名。和元稹友谊甚笃，与之齐名，世称“元白”。晚年与刘禹锡唱和甚多，人称“刘白”。有《白氏长庆集》。

①酒钩：古代饮酒时的一种游戏。人分成两队，钩藏在几个人手中，而让别人猜，以比胜负。

②送盏：递送酒盏以劝饮。

③烛泪：蜡烛燃烧时淌下的液态蜡。

轮　台

无名氏

燕子山里食散，莫贺盐声平回。
共酌葡萄美酒，相抱聚蹈轮台。

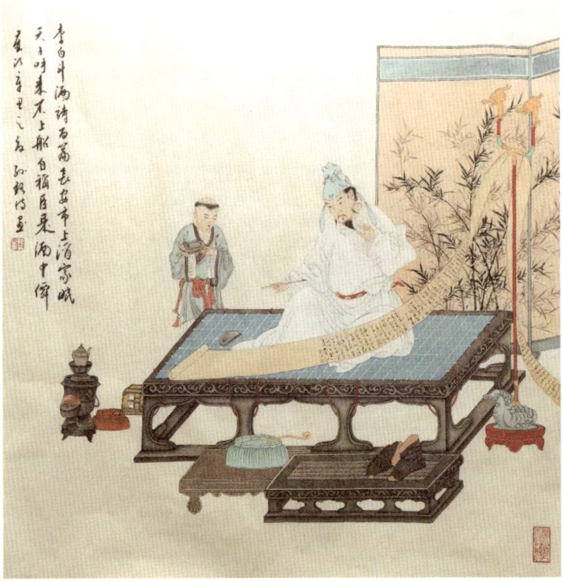

▲ 国画　李白斗酒诗百篇　孙铭

塞上曲二首

（其一）

贯　休

锦袷胡儿黑如漆，骑羊上冰如箭疾。
蒲萄酒白雕腊[1]红，苜蓿根甜沙鼠出。
单于右臂何须断，天子昭昭本如日。
一握鬣髯[2]一握丝，须知只为平戎[3]术。

贯休（832–912），本姓姜，字德隐，婺州兰溪（今属浙江）人。僧人。唐天复间入蜀。蜀主王建称他“禅月大师”。以诗名，部分作品能反映当时的社会现实。工画，所作水墨罗汉及释迦弟子诸像，笔法坚劲，大都粗眉大眼，丰颊高鼻，形象夸张，所谓“梵相”。存世《十六罗汉图》，传为其作品。兼善草书，时人比之为阎立本、怀素。著有《禅月集》。

① 雕腊：干雕肉。
② 鬣髯：黑色的胡须。
③ 平戎：平定西戎的政策。

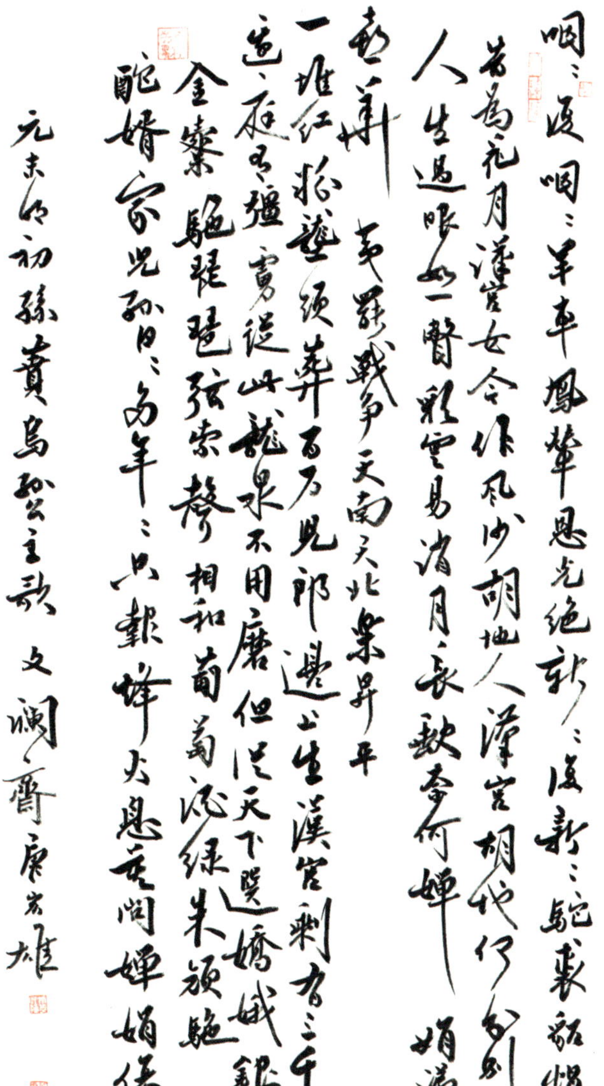

▶ 书法　乌孙公主歌　唐宏雄

第二篇

宋朝

主人今醉葡萄酒，篱下秋风菊自疏。

▶ 国画　酒逢知己　李东星

题承诏亭

胡　宿

开径[1]临江有旧居，野亭于此狎禽鱼。
八才素擅高阳里，五返曾迂使者车。
圯上[2]早传黄石略，隆中难恋武侯庐。
主人今醉葡萄酒，篱下秋风菊自疏。

胡宿（995—1067），字武平，常州晋陵（今江苏常州）人。仁宗天圣二年（1024年）进士。著录《胡文恭集》七十卷，久佚。今所见者，有《唐诗鼓吹》《吴郡志》《天台续集》《两宋名贤小集》《宋诗纪事》《积书岩宋诗删》等各收有胡宿诗。

① 开径：开辟路径。
② 圯上：桥上。

谢并帅王仲仪端明惠葡萄酒

韩　琦

并门昔岁叨拥旄[1]，公厨酒熟醺葡萄。
公时帅谓辄驰献，助临军享投芳醪[2]。
辱公诗答极爱重，气骨雄健凌风骚。
公今大卤盛开府，我得乡守均疲劳。
却烦新酿远相遗，故人义比丘山高。
衰翁[3]拜赐喜自酌，持杯有感生郁陶。
忆昨朔边[4]被朝寄，亭燧灭警兵锋韬。
时平会数景物好，齿发未老胸襟豪。
当筵引满角胜负，金船滟溢翻红涛。
间折圆荷代举酌，坐客骇去如奔逃。

① 拥旄：持旄。借指统率军队。
② 芳醪：美酒。
③ 衰翁：老翁。
④ 朔边：朔方，北方边陲。

我乘馀勇兴尚逸，直欲拍浮[1]腾巨艘。
此来病质极枯瘠，两目眵泪颠无毛。
较前饮量复何有，十分耗谢馀厘毫。
复婴风眩[2]戒食味，馋口绝望沾珍鳌。
虽然公酝敢轻用，留吞药剂倾甘膏。
纵逢嘉客炫公贶，三爵已命缄封牢。
锦堂风和弄弱柳，螺榭日暖烘夭桃。
兹辰庆我重加惠，勉与父老同春遨。

韩琦（1008–1075），字稚圭，相州安阳（今属河南）人。天圣进士。宝元三年（1040）出任陕西安抚使，与范仲淹共同防御西夏，时人称为“韩范”。庆历三年（1043）西夏请和，被任为枢密副使，与范仲淹、富弼等同时登用。支持庆历新政。王安石变法，他屡次上疏反对，与司马光、富弼等同为保守派首脑。著有《安阳集》。

① 拍浮：游泳。
② 风眩：眩晕。

寄宋许待制知越州

梅尧臣

喜公新拜会稽章，五月平湖镜水光。
菡萏花迎金板舫，葡萄酒泻玉壶浆。
云归秦望山①头静，雨洗若耶溪②上凉。
天子不能烦侍从，可将吟咏报时康③。

梅尧臣（1002–1060），字圣俞，宣州宣城（今属安徽）人。宣城古名宛陵，故世称“梅宛陵”。论诗注重政治内容，对宋初以来的靡丽文风表示不满。在写作技巧上重视细致深入，认为：“必能状难写之景，如在目前，含不尽之意，见于言外，然后为至。”对宋代诗风的转变影响很大，甚受陆游、刘克庄等人的推崇。与欧阳修并称“欧梅”，又与苏舜钦并称“苏梅”。有《宛陵先生文集》。

① 秦望山：浙江省绍兴市秦望山。
② 若耶溪：溪名。出浙江省绍兴市若耶山，北流入运河。相传为西施浣纱之所。
③ 时康：时世太平。

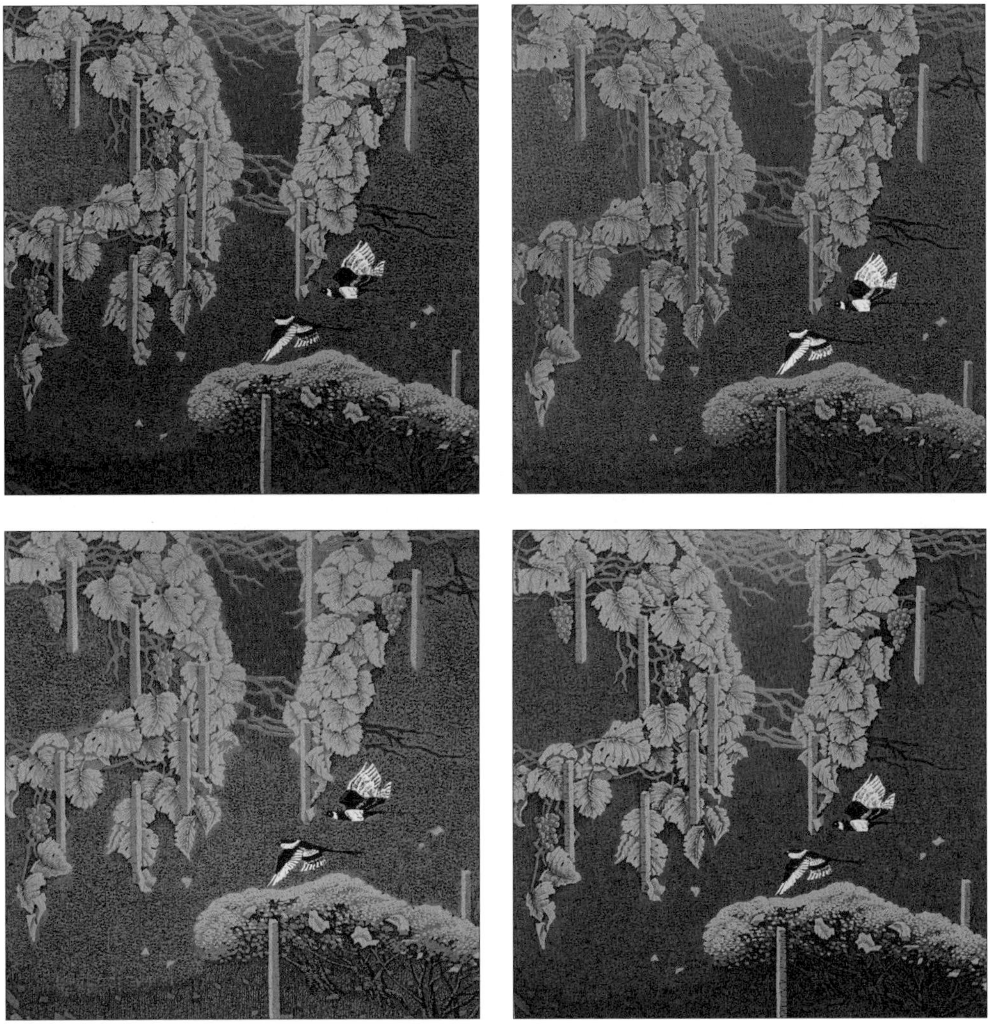

▲ 版画　葡萄园　孙晓磊

次韵刘焘抚勾蜜渍荔支

苏　轼

时新满座闻名字，别久何人记色香。
叶似杨梅蒸雾雨，花如卢橘傲风霜。
每怜莼菜[1]下盐豉[2]，肯与葡萄压酒浆。
回首惊尘卷飞雪，诗情真合与君尝。

苏轼（1036–1101），字子瞻，号东坡居士，眉州眉山（今四川眉山）人。为北宋后期文坛领袖，词开豪放一派，唐宋八大家之一，与父苏洵、弟苏辙合称“三苏”；亦工书画，书法同蔡襄、黄庭坚、米芾并称“宋四家”。有《东坡全集》等。

① 莼菜：多年生水草。
② 盐豉：食品名。即豆豉。用黄豆煮熟霉制而成。常用以调味。

谢张太原送蒲桃[1]

苏　轼

冷官[2]门户日萧条，亲旧[3]音书[4]半寂寥。
惟有太原张县令，年年专遣送蒲桃。

▲ 国画　工笔葡萄　朱柳莉

①蒲桃：通葡萄。
②冷官：清闲、地位不重要的官职。
③亲旧：亲戚故旧。
④音书：书信，消息。

颂古二十七首

（其二十）

释昙贲

七宝杯酌[①]葡萄酒，金花纸[②]写清平[③]词。
春风院静无人见，闲把君王玉笛吹。

释昙贲，永嘉（今浙江温州）人。住台州万年，称心闻昙贲禅师。又住江心。为南岳下十六世，育王无示介谌禅师法嗣。《嘉泰普灯录》卷一七、《五灯会元》卷一八有传。

① 杯酌：一杯所盛，指少量。
② 金花纸：绘有金花的信纸。
③ 清平：太平。

对酒戏咏

陆 游

浅倾西国①蒲萄酒，小嚼南州豆蔻花。
更拂乌丝写新句，此翁可惜老天涯。

陆游（1125-1210），字务观，号放翁，越州山阴（今浙江绍兴）人。生当北宋灭亡之际，少年时即深受家庭中爱国思想的熏陶。诗与尤袤、杨万里、范成大齐名，称“中兴四大家”，亦作“南宋四大家”。亦工词，真挚动人。有《剑南诗稿》《渭南文集》《南唐书》《老学庵笔记》等。

① 西国：西域。

▶ 国画　花间一壶酒　李东星

夜寒与客烧干柴取暖戏作

陆　游

槁竹干薪[1]隔岁求，正虞雪夜客相投。
如倾潋潋[2]蒲萄酒，似拥重重貂鼠裘。
一睡策勋[3]殊可喜，千金论价恐难酬。
他时铁马榆关外，忆此犹当笑不休。

① 干薪：干柴。
② 潋潋：水波动的样子。
③ 策勋：把功勋记录在简策上，且定其次第。

汉老弟寄和花发多风雨人生足别离韵十绝因和之

（其八）

虞　俦

照坐雕盘花一簇，满瓮葡萄酒新绿[1]。

那知身后更浮名[2]，若论眼前不翅足。

虞俦，字寿老，宁国（今属安徽）人。孝宗隆兴元年（1163年）进士。有《尊白堂集》二十二卷（本集卷首陈贵谊序），已佚。清四库馆臣据《永乐大典》辑为六卷，其中诗四卷。

① 新绿：刚酿出的颜色呈碧绿的酒。

② 浮名：虚名。

湖州歌

（其八十三）

汪元量

每月支粮万石钧，日支羊肉六千斤。
御厨请给葡萄酒，别赐天鹅与野麋[1]。

汪元量（约 1241– 约 1317），字大有，号水云，钱塘（今浙江杭州）人。原是宋宫廷琴师。蒙元灭宋，随三宫被掳北去，以亲身经历，形诸歌诗，颇能反映宋亡前后实况。有《湖山类稿》《水云集》。

① 野麋：野生的獐子。

▶ 国画 硕果图 马小加

题明皇醉归图

艾性夫

金车山重牛难挽，五花嘶出长春[1]苑。
太官供顿宴骊山，三郎沉醉归来晚。
酩酊马上扶者谁，秀眉照眼两国姨。
红香把臂[2]手亦软，三马相倚不敢驰。
黄门拥道尽端美，锦衫绣帽春风起。
解酲尚恐需馀尊，捧把玉卮行复止。
最后一马寿王妃，鸾扇[3]夹侍双琼姬。
酣酣嘿嘿意自远，恨不酺我渔阳儿。
图陈无逸今安有，却作醉徒供画手。
昭陵[4]百战大山河，凉州几瓮葡萄酒。

艾性夫，字天谓，抚州（今属江西）人。以能诗与叔可（无可）、宪可（元德）并称“抚州三艾”。有《剩语》《孤山晚稿》，已佚。清四库馆臣据《永乐大典》辑为《剩语》二卷。

① 长春：三国魏宫门名。
② 把臂：拉着手臂，表示亲密。
③ 鸾扇：羽扇的美称。
④ 昭陵：唐太宗墓。

第三篇

元朝

石家院里葡萄酒，荆媪池边芍药厅。

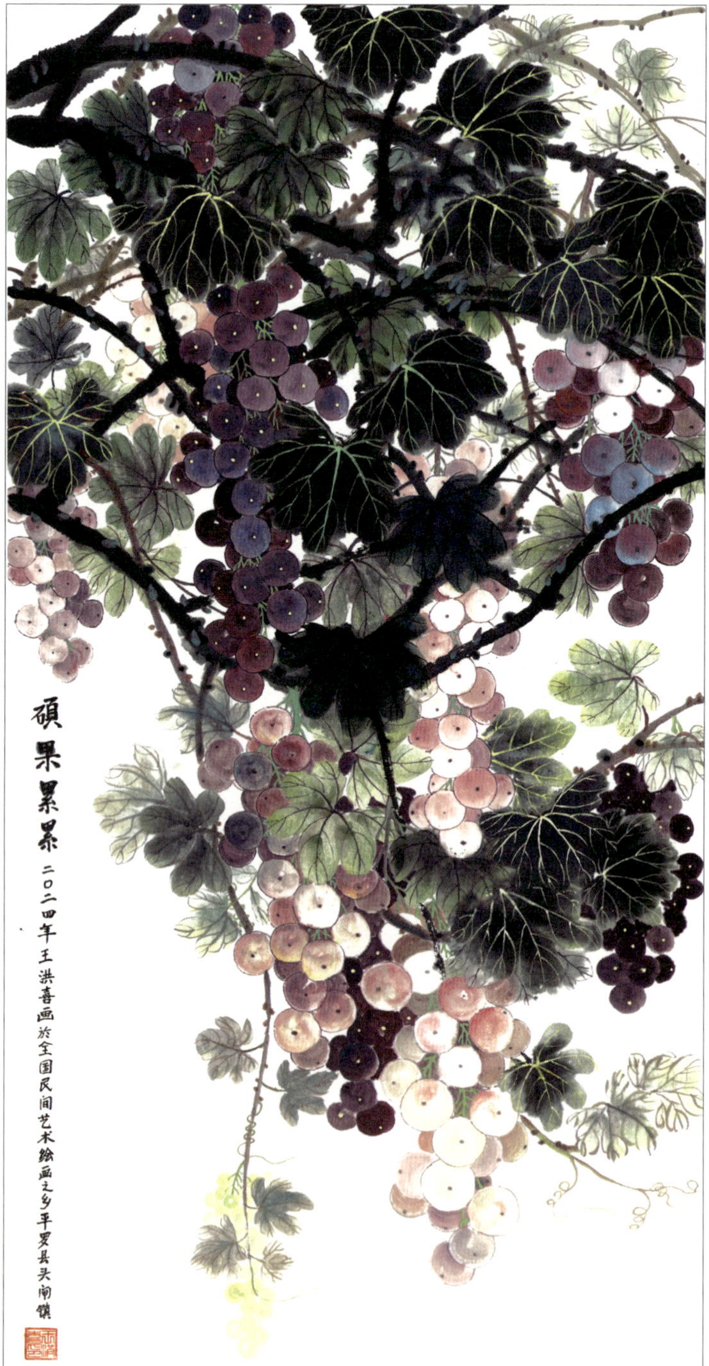
硕果累累
二〇二四年王洪喜画於全国民间艺术绘画之乡平罗县头闸镇

▶ 国画 硕果累累 王洪喜

西域蒲华城[1]赠蒲察元帅

耶律楚材

骚人岁杪[2]到君家，土物萧疏[3]一饼茶。
相国传呼扶下马，将军忙指买来车。
琉璃钟里葡萄酒，琥珀瓶中杷榄花。
万里遐方获此乐，不妨终老在天涯。

耶律楚材（1190–1244），字晋卿，号湛然居士。契丹族。辽皇族之后。成吉思汗十年（1215 年）被召用，甚受信任。随成吉思汗西征，劝戒妄杀。官至中书令。善诗文，著有《湛然居士文集》。

① 蒲华城：乌兹别克斯坦布哈拉。
② 岁杪：岁末。
③ 萧疏：稀疏，稀少。

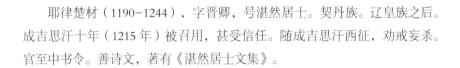

初夏忆京城邻舍

柳　贯

石家院里葡萄酒，荆媪池边芍药厅。
倦剧拥书[①]终日坐，醉来支枕片时醒。
主人并直飞龙卫，邻客谁开放鹤亭。
万里沧江云一去，欲将孤影寄伶仃[②]。

柳贯，字道传，浦江人。大德间，用察举为江山教谕，迁昌国州学正，历国子助教、太常博士，出为江西儒学提举。至正初，起翰林待制，兼国史院编修官。卒年七十有三，私谥曰文肃。

① 拥书：拿书，持书。
② 伶仃：孤独。

揉碎含霜黑水晶春波灩灩煖
霞生甘漿細挹紅泉溜淺沫輕
浮絳雪明金剪玉鈎新製法紫
駝銀瓮舊豪名客愁萬斛可消
遣一斗涼州換未平

元末王翰詩葡萄酒 尔惠書

▶ 书法 葡萄酒 牛尔惠

灵州

马祖常

乍入西河地[①]，归心见梦馀。
蒲萄怜酒美，苜蓿趁田居。
少妇能骑马，高年未识书。
清朝[②]重农谷，稍稍把犁锄。

马祖常（1279–1338），字伯庸，世为蒙古雍古部，居净州天山（在今内蒙古四子王旗），延祐进士，历官监察御史、礼部尚书、御史中丞、枢密副使。卒谥文贞。《元史》本传称其文“宏赡而精核，务去陈言，专以先秦两汉为法，而自成一家之言”，其诗“圆密清丽，大篇短章无不可传者”。有《石田先生文集》。

①西河地：黄河西面，特指灵州地域，今宁夏平原。
②清朝：政治清明的王朝。

和胡士恭滦阳纳钵①即事韵五首

（其一）

贡师泰

紫驼峰挂葡萄酒，白马鬉悬芍药花。
绣帽宫人传旨出，黄门伴送内臣家。

贡师泰（1298-1362），字泰甫，号玩斋，宣城（今属安徽）人。泰定进士，官至礼部、户部尚书。工诗文，有《玩斋集》。

① 纳钵：亦作“纳宝”。契丹语译音。相当于汉语的“行在”。辽、金、元时国君的行营。

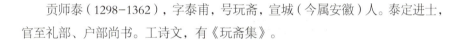

▶ 国画　酒逢知己千杯少　李东星

葡萄酒和州隐者持以劝余

安　轴

斗酒千金足市恩[1]，古人曾献贵人门。

山翁痴拙[2]无机巧，虚食凉州老一村。

安轴，字当之，号谨斋，雅号文贞。高丽王朝末期学者。原籍顺兴。科举文科及第。在监春秋馆事任职期间，和齐贤等人一起改纂了闵清编的《编年纲目》。参与编纂了忠烈王、忠宣王、忠肃王三个朝代的实录。此外著有景几体歌《关东别曲》《竹溪别曲》。留有文集《谨斋集》4卷2册。

① 市恩：以私惠取悦于人。犹言买好，讨好。

② 痴拙：愚笨。

姑苏感旧十首

（其四）

叶　兰

明日春晴出郭游，问郎骑马妾登舟。

玉壶满注葡萄酒，不上灵岩①即虎邱。

叶兰，字楚庭，号寓庵，又号醉渔。元饶州路鄱阳人，元末官太常礼仪院奉礼。入明，周伯琦应召入金陵，兰以诗讽之。后伯琦以其名荐，兰投水死。有《寓庵诗集》。

① 灵岩：仙山。

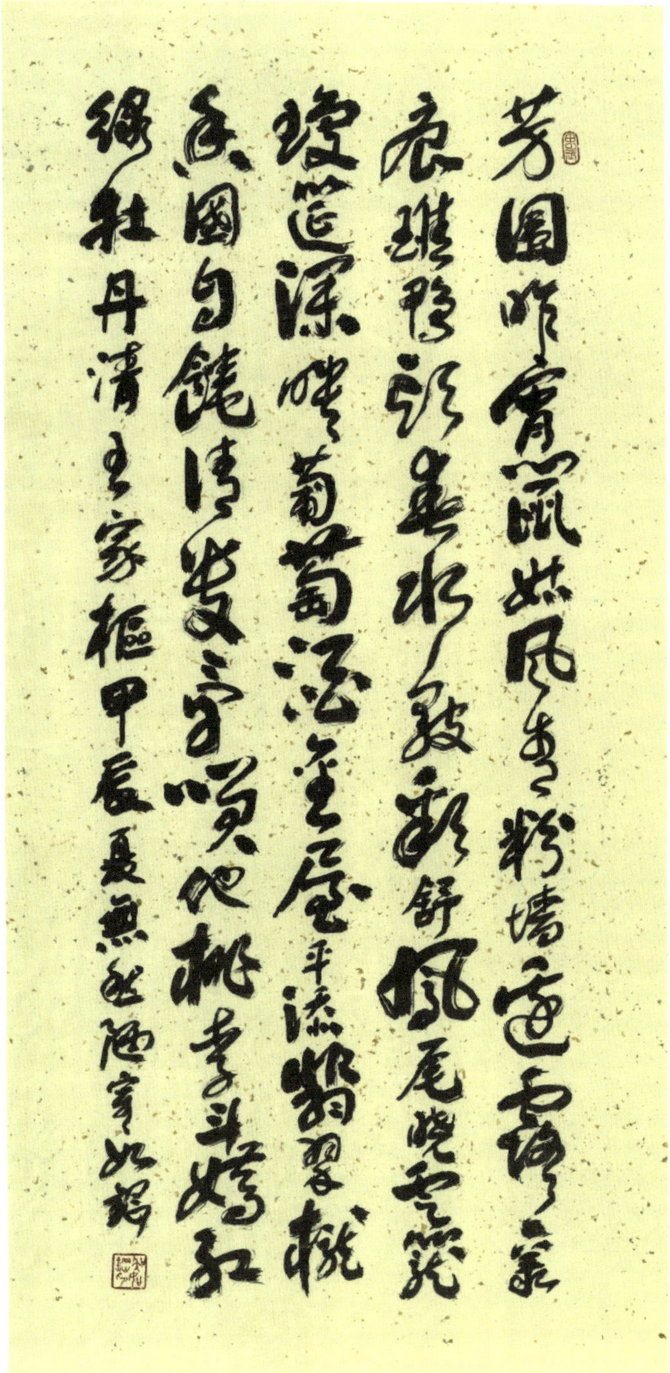

▶ 书法 绿牡丹 吴如钢

和散里平章游东安汪伯谅半山亭[1]诗韵

何景福

丹溪[2]青山冠闽浙，胜游忽聚金台客。
朱阑碧槛倚云隈，满地松花踏香雪。
玉京北望苍烟重，山光水色开天容。
咳唾随风落珠玉，葡萄酒艳玻瓈钟。
逍遥聊作无事饮，倒著接䍦从酩酊。
潮生眼缬春风和，月上松萝酒初醒。
金闺公子玉堂仙，长歌击节音琅然[3]。
君不闻香山老子长短三千篇，一金一首鸡林传。

何景福，字介夫，睦之淳安（今浙江淳安）人。有《铁牛翁诗》一卷，多所散失。卒后十馀年，从孙如晦为集其遗稿传于家。

①半山亭：亭名。在今江苏南京市中山门北半山寺。
②丹溪：仙人居住的地方。
③琅然：声音清脆好听。

和贾教授咏怀

谢应芳

两袖西风独倚楼，一天秋色断虹[1]收。
水村霜落红于染，山色烟岚[2]翠欲流。
眼底看来兴废事，胸中销尽古今愁。
莫嫌苜蓿盘无味，喜有葡萄酒可篘。

谢应芳，字子兰，号龟巢，武进（今江苏常州）人。尊奉程朱派理学。致力于破除鬼神、禁忌、禄命等迷信，用前人经验事实和孔子、荀子、柳宗元等人的言论说明生死为自然之理。斥老、庄、仙、佛之说为异端，认为“邪说害正，人人得而攻之”。著有《辨惑编》《龟巢稿》《思贤录》等。

① 断虹：一段彩虹。
② 烟岚：山林间蒸腾的雾气。

十月六日席上与同座客陆宅之夏士文及主人吕希尚希远联句

杨维桢

新泼葡萄琥珀浓，酒逢知己量千钟[①]。
犀柈箸落眠金鹿，雁柱[②]弦鸣应玉龙。
紫蟹研膏[③]红似橘，青虾剥尾绿如葱。
彩云吹散阳台雨，知在巫山第几重。

杨维桢（1296–1370），桢一作祯，字廉夫，号铁崖、铁雅、东维子等，诸暨（今属浙江）人。一生致力于诗文辞赋的革新，亦工散曲，又善行草书。尤以倡导古乐府而追随者甚众，形成“铁雅诗派”；诗风纵横奇诡，称“铁崖体”。有《丽则遗音》《铁崖先生古乐府》《东维子文集》等。

① 千钟：千杯的酒。
② 雁柱：古筝上整齐排列的弦柱。
③ 研膏：将茶叶研磨成团。

从军行赠费指挥使二首

（其二）

黄　哲

闻说沙场渐倒戈①，受降城北是滦河。

胡姬②窈窕随征马，胡酒③葡萄载骆驼。

黄哲（?-1375），字庸之，元末明初广东番禺人。元末，何真据岭南，开府辟士，哲与孙蕢、王佐、赵介、李德并受礼遇，称五先生。尝构轩名听雪蓬，学者称雪蓬先生。工诗，有《雪蓬集》。

① 倒戈：放下武器投降。

② 胡姬：原指胡人酒店中的卖酒女，后泛指酒店中卖酒的女子。

③ 胡酒：葡萄酒。

红　菊

贝　琼

日照东篱烂若霞，误惊春色到山家。
宫人晓殢葡萄酒，道士秋开踯躅[1]花。
莫擅鹅翎欺白雪，未论鹤顶养丹砂。
霜中苦节知谁并，雨里寒香只自夸。
寂莫也羞彭泽[2]陋，风流还竞洛阳奢。
移樽九日来同赏，插帽休讥老孟嘉。

贝琼（1314−1378），字廷琚，一名阙，字廷臣，崇德（今浙江桐乡西南）人。早年从杨维桢受学，工诗善文。诗风平易，有温厚之旨而自然高秀；文亦冲融和雅。有《清江诗集》《清江文集》。今人有校点本《贝琼集》。

① 踯躅：顿足。
② 彭泽：鄱阳湖。

醉渔诗叶楚庭求赋

刘 炳

醉渔少年多宦游，解鞍夜宿钱塘楼。
桃花马系珊瑚树，兰麝[①]衣熏翡翠篝。
梨花开时风日美，苏堤画船寒食舣。
呼酒濯足嫌酒香，醉倚玉人花影里。
生涯自信黄公垆，避闲棹头官不除。
垂竿沧海盟鸥鸟，晞发[②]扶桑骑鲤鱼。
彭蠡湖边闲弄月，光范门前曾上书。
笔锋杀尽南山兔，墨汁淋漓洒秋素[③]。
崔嵬肝胆向谁倾，怅望秋云仰天哭。
五湖为杯邱拍糟，洞庭春色酿葡萄。
一醒一饮三千日，鼓枻[④]中流钓六鳌。

刘炳，字彦炳，元明间江西鄱阳人。工诗，有《春雨轩集》。

① 兰麝：兰花和麝香。
② 晞发：晒干头发。
③ 秋素：洁白的绢布。
④ 鼓枻：划桨。

寄河南卫镇抚赵克家叙旧

张　昱

程生河南来，始得河南信。
雨散云飞二十年，萍踪梗迹①今才定。
却思小孤洲渚边。大江大浪拍战船。
将军须髯劲如戟，白石酣歌便醉眠。
我从别来赞画省，芙蓉幕与风尘远。
洪武初年自日边，诏许还家老贫贱。
池馆尽付当时人，惟存笔砚伴闲身。
刘伶斗内葡萄酒，西子湖头杨柳春。
见人斫轮只袖手，听人谈天只钳口。
年过七十发未斑，路涂不辞牛马走。
知尔出镇在洛阳，宫袍健马日煌煌。
前骑大旗画罴虎，后骑长戟横雪霜。

① 梗迹：隐约细微的行迹。

我于此事别已久，富贵浮云更何有？

鸿雁得便时附书，但问老人平安否？

张昱，字光弼，号一笑居士，又号可闲老人，元明间庐陵人。历官江浙行省左、右司员外郎，行枢密院判官。晚居西湖寿安坊，屋破无力修理。明太祖征至京，厚赐遣还。卒年八十三。有《庐陵集》。

▶ 国画　一盘香味正甜图　雍进成

乌孙公主歌

孙 蕡

咽咽复咽咽，羊车[1]风辇恩光绝。
新新复新新，驼裘貂帽来相亲。
昔为花月汉宫女，今作风沙胡地人。
汉宫胡地何分别，人生过眼如一瞥。
彩云易消月长缺，奈何婵娟涕如雪。
且喜华夷罢战争，天南天北乐升平[2]。
一堆红粉垄头葬，百万儿郎边上生。
汉宫剩有三千女，岂惮边庭有强虏。
从此龙泉不用磨，但从天下选娇娥。

① 羊车：宫中用羊牵引装饰精美的小车。
② 升平：太平。

银鞍白马金橐驼[1]，琵琶弦索[2]声相和[3]。

葡萄酒绿朱颜酡，婿家儿孙日日多。

年年只报烽火息，莫问婵娟伤绮罗。

孙蕡，字仲衍，号西庵，明广东顺德人。博学工诗文，有《西庵集》。

① 橐驼：骆驼。

② 弦索：琴弦。

③ 相和：相互协调。

葡萄酒

王　翰

揉碎含霜①黑水晶，春波滟滟②暖霞生。
甘浆细挹红泉溜，浅沫轻浮绛雪③明。
金剪玉钩新制法，紫驼银瓮④旧豪名。
客愁万斛可消遣，一斗凉州换未平。

王翰，字时举，元末隐居中条山。入明，为周王櫹长史。櫹素骄，有异志，翰谏不纳，断指佯狂去。后起为翰林编修，谪廉州教授。有《敝帚集》《樵唱集》《梁园集》。

① 含霜：带霜的葡萄。
② 滟滟：水光的样子。
③ 绛雪：红色。
④ 银瓮：银质盛酒器，如鎏金银壶。

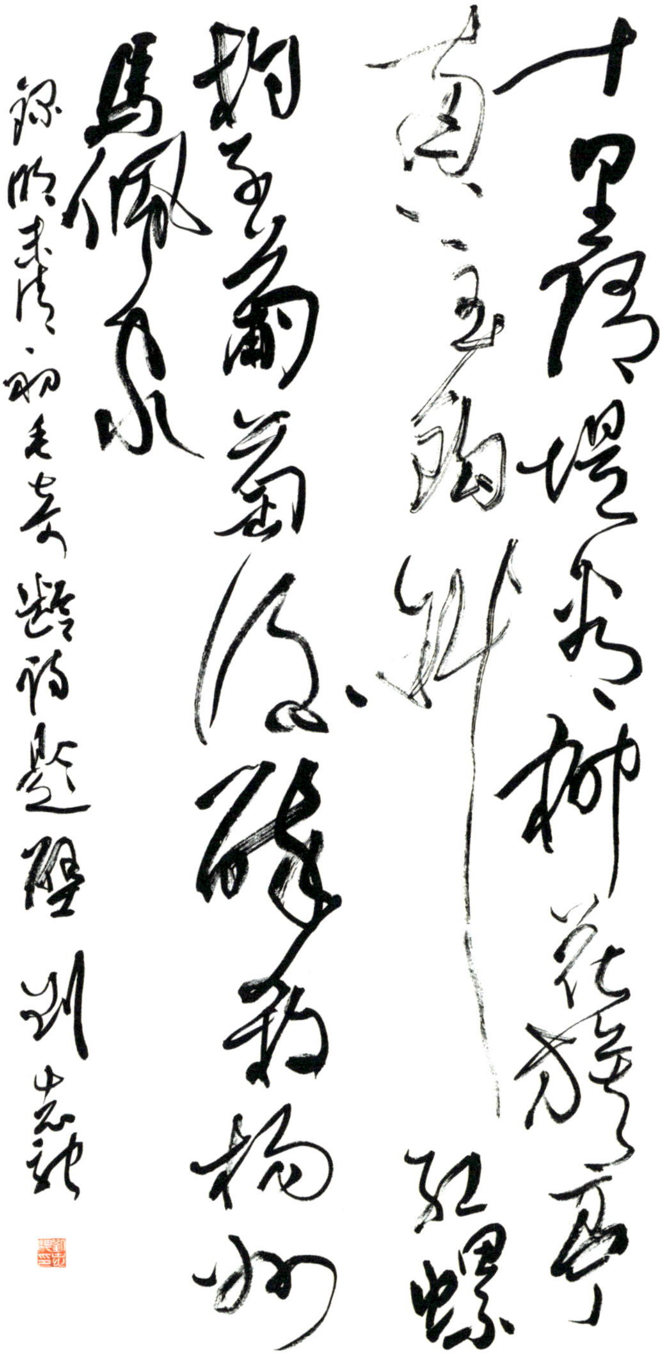

▶ 书法　题壁　刘志骋

第四篇

明朝

葡萄何来自西极，枝蔓连云引千尺。

▲ 版画　展藤　孙晓磊

杨妃醉卧图

殷近仁

夜倾玉碗葡萄酒，晓进金盘荔子[1]浆。

莫道海棠真自醉，故将[2]酣眼盼渔阳[3]。

殷近仁，明浙江嘉兴人。学问渊博，善为文。洪武六年以孝悌举，送京师，授平遥知县。后献所著《莅政戒铭》四十二篇，擢广西参政。

① 荔子：荔枝。

② 故将：老将。

③ 渔阳：现北京密云一带。

过高逸人别墅

林　鸿

识子何不早，见子即倾倒[①]。
世人意气不相合，颜色虽同心草草。
子有园林东海滨，香名满耳人共闻。
梁鸿[②]避世身不仕，孔融爱客家常贫。
兹晨饮客青山墅，新压葡萄酒如乳。
绿树穿窗鸟当歌，红条拂地花能舞。
醉来兴逸无不为，投壶[③]击剑仍弹棋。
人生得意有如此，世上悠悠那得知。

林鸿，字子羽，福清（今属福建）人。洪武初，以荐授将乐县儒学训导，后升礼部员外郎，年未四十自免归。在闽结诗社，与王恭、王偁、高棅、陈亮、郑定、王褒、唐泰、周玄、黄玄合称“闽中十子”，鸿为之冠。论诗唯主唐音，所作以格调胜，是为晋安诗派之祖。有《鸣盛集》。

① 倾倒：全部倒出；大量付出。倾吐。犹畅谈。
② 梁鸿：东汉梁鸿与妻子孟光相敬如宾，后以此借指贤夫。
③ 投壶：古代宴会礼制。为娱乐活动。

题画葡萄

（故人毛楚哲作）

丁鹤年

西域葡萄事已非，故人挥洒出天机。

碧云[①]凉冷骊龙[②]睡，拾得遗珠月下归。

丁鹤年（1335–1424），元末明初人，著名孝子。好学洽闻，精诗律，赋诗情辞悱恻，晚年学佛，结庐居父墓。有《丁鹤年集》传世。

① 碧云：天空中的浮云。多用于表达赠别之情。

② 骊龙：黑龙。

落花飞絮茫茫，古来多少愁人意，搴帷窗，惊鹭鹚城底，唏移人世，一梦醒来，起看明镜，三毛生矣。有葡萄美酒，芙蓉宝剑，都来称平生志。

我是长安倦客，二十年，叹红尘无计，一灯一弈，天涯海水，浮空中楼阁，梦归，去岁曾回首。万重苍翠，待纾虱对音灯一弈神游，西风起，又西风起。

文廷式水龙吟一首 文澜斋 唐宏雄

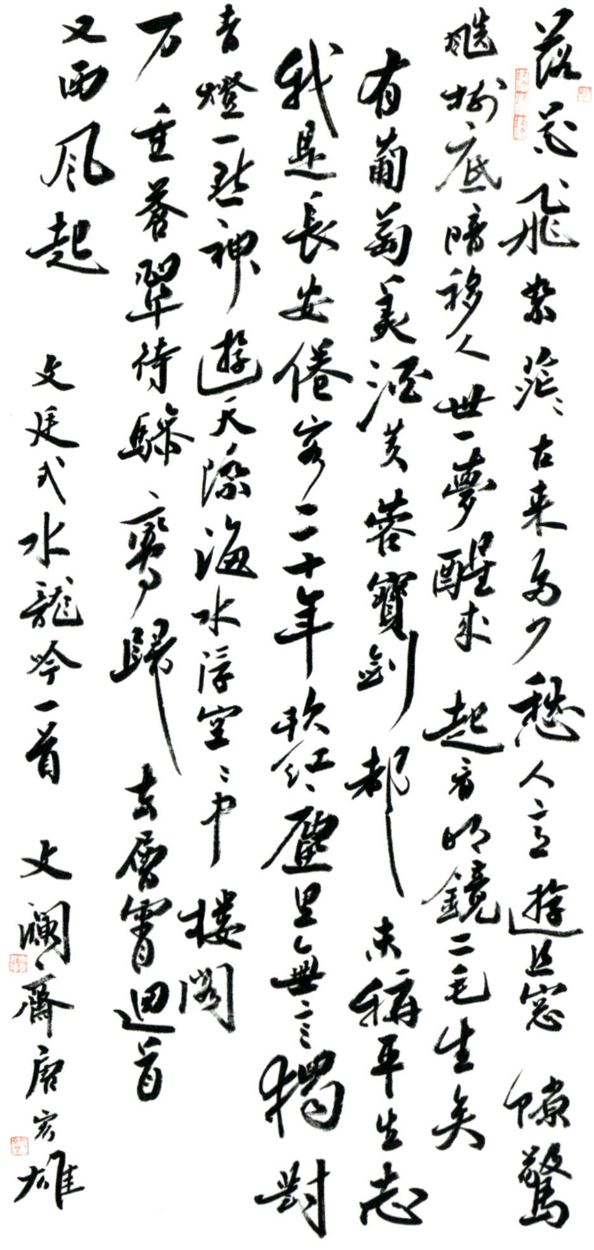

画葡萄

（其二）

刘　璟

葡萄子熟边草秋，葡萄酒熟雪成球。
将军烂醉氍毹[①]月，士卒惊寒入敝裘[②]。

刘璟（?–1402），明浙江青田人，字仲璟。博学知兵，尤深禅学。有《易斋集》《无隐集》。

① 氍毹：地毯。
② 敝裘：破旧的皮衣。

与梁指挥饮烧酒

李时勉

宛胜葡萄酿，何须鹦鹉杯。
入门便相唤①，到手不教催。
深意怜吾渴，愁怀②为尔开。
醉时即高卧③，不省有人来。

李时勉（1374—1450），明吉安府安福人，名懋，以字行，号古廉。永乐二年进士。预修《太祖实录》，书成，升翰林侍读。永乐十九年，曾上书反对都北京。洪熙元年，以言事系狱。宣德初复官。官至国子祭酒。卒谥忠文。有《古廉集》。

① 相唤：拱手报名，行相见礼。
② 愁怀：忧愁的心怀。
③ 高卧：安卧，悠闲的躺着。

除 夕

（其二）

陈 诚

阅历岁云暮，乘槎[1]人未归。
葡萄春酒熟，橘律晚羔肥。
醉后忘忧乐，年来觉是非。
南州有慈母，相忆泪沾衣[2]。

陈诚（1365–1457），明官员。字子鲁，号竹山。江西吉水人。永乐十二年（1414年）以吏部员外郎同中官李达、户部主事李暹等出使哈烈，次年东还。十四年再使其国。撰有《西域行程记》《西域番国志》，记述西使行程及经历各国情形；另有《竹山文集》行世。

① 乘槎：乘坐竹筏、木筏。
② 沾衣：沾湿衣服。

一架金藤茂且華　秋深玉實
利田家摘得數串　牛收果引車
歌者枝頭荷　甲辰孟月　雍成作心也

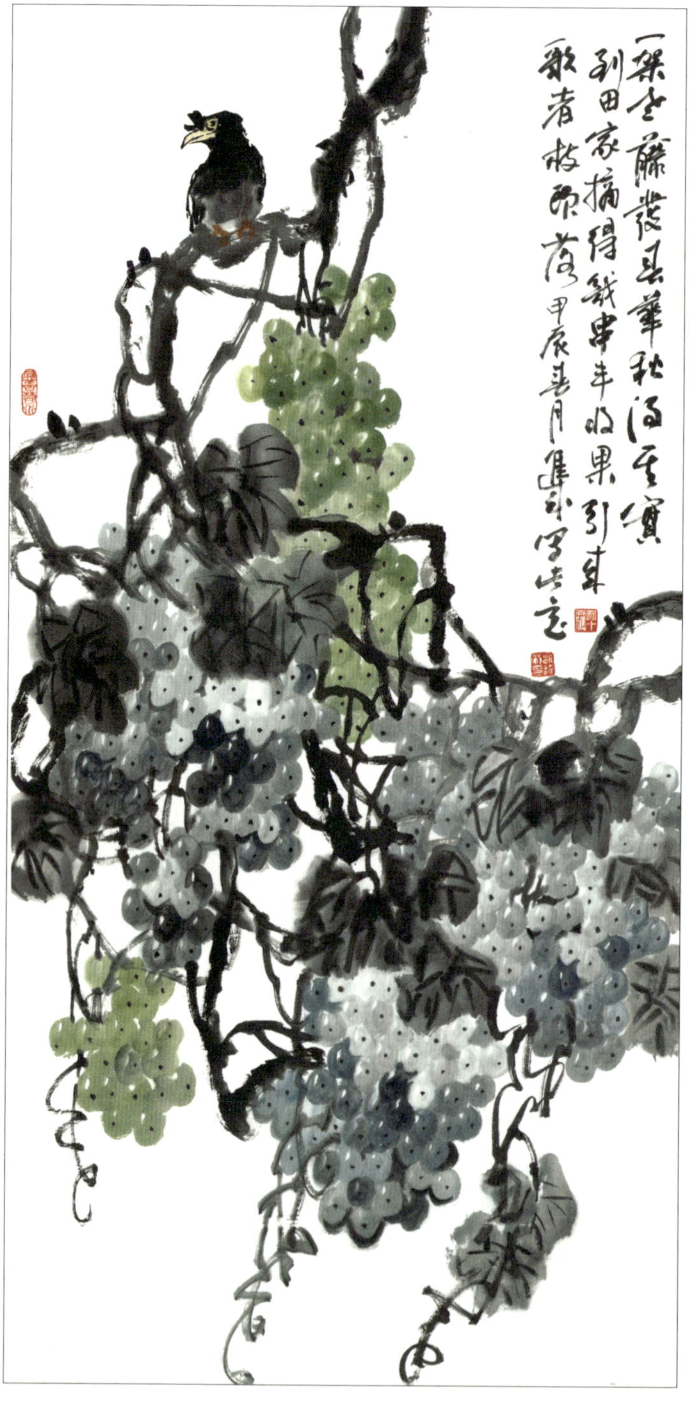

国画　老藤春华　雍进成

葡萄酒

陈　诚

不见垆头[1]垒曲糟，看看满架熟香醪[2]。
绿浮[3]马乳开新瓮，红滴珍珠压小槽。
博望还朝名已著，渊明入社价空高。
试将涓滴消愁思，两脸春风上碧桃。

① 垆头：酒坊。
② 香醪：美酒。
③ 绿浮：绿茶泡出的汁液。

猎骑图

（其二）

商　辂

远山近山翠欲滴，溪柳沙柳青如织。
薰风[1]扇凉自南来，旌旄[2]遥撼边云湿。
羽林征马鸣萧萧，角弓在手箭在腰。
画戟煌煌[3]辉白日，黄沙漠漠连青霄。
海东之青偏豪爽，铁作毛衣金作掌。
耸身[4]跨雾转招摇，驾鹅洒血随草莽。
紫衣控著白玉鞭，万骑驰突相后先。
貔貅仰视复拍掌，欢呼动地声骈阗。
香腾鸡舌烟缥缈，飞入鲛绡轻袅袅。
紫塞关头日欲晡，贺兰山下天还晓。

① 薰风：和暖的风。指初夏时的东南风。
② 旌旄：军旗。
③ 煌煌：明亮辉耀貌；光彩夺目貌。
④ 耸身：纵身向上。

胡笳一曲兴未足，帐里葡萄酒新熟。

齐宣邈矣不可追，推恩始自牛觳觫。

商辂（1414–1486），明浙江淳安人，字弘载，号素庵。举乡试第一。正统十年（1445 年），会试、殿试皆第一。终明之世，三试第一者，仅他一人。除修撰，寻进学东阁。土木之变后，反对南迁，主张抵抗瓦剌。由侍读入内阁。官至兵部左侍郎。英宗复辟后革职。宪宗时复用，进兵、户、吏部尚书，在内阁十年，以宦官汪直专权，辞官居家十年而死。有《商文毅疏稿略》《商文毅公集》等。

▲ 国画　高仕图　孙铭

喜公新释会稽章五月采菱

镜水光涵菡萏迎舟栊葡萄酒

滟玉满瓯浆云归来空山颔静雨

浣纱邪溪上凉天子不陛颂律从

可将吟咏报时床　北宋王梅尧臣

知越州之句　鸿光书

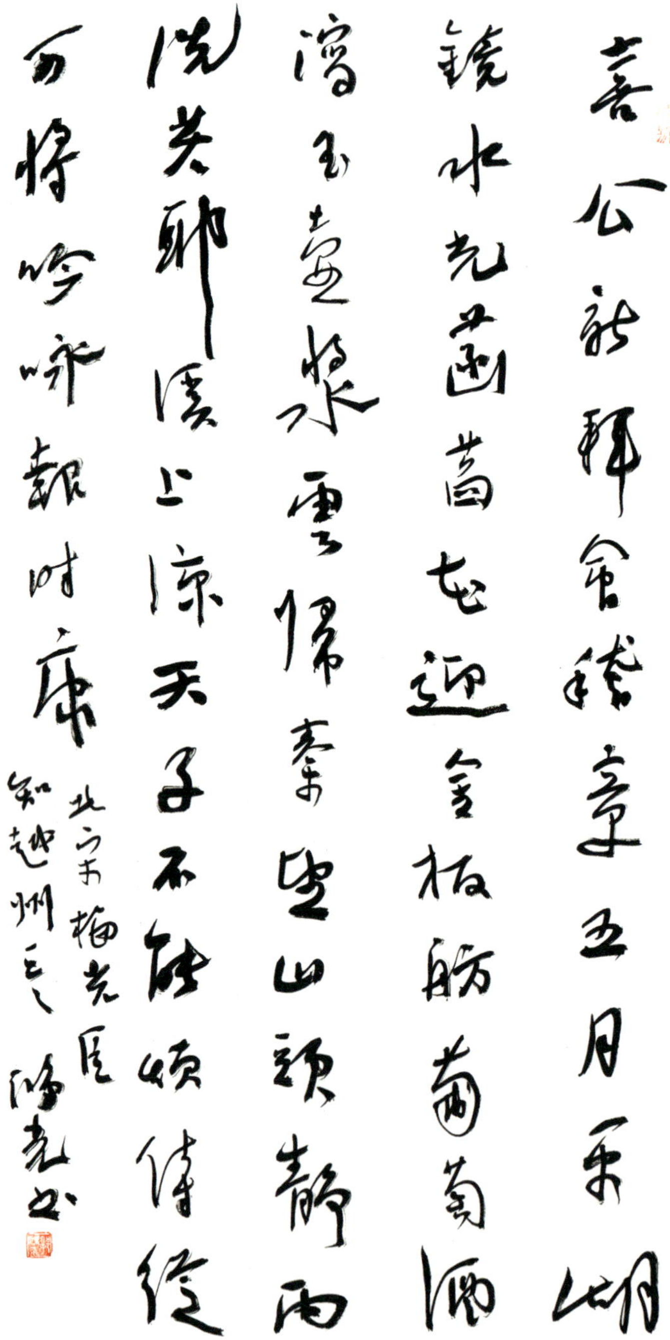

▶ 书法　知越州　郭鸿光

雁门边人歌

陈　赟

雁门东去连幽燕，回人家近雁门边。
惟凭射猎给衣食，却笑汉儿空种田。
西风荒垒见残烧①，夕阳古戍②迷寒烟。
葡萄酒对可敦饮，日上穹庐犹醉眠。

陈赟（1393–1466），明浙江馀姚人，字惟成，号蒙轩。以荐为杭州府学训导。预修《宣宗实录》，总两浙十一郡事。数迁为广东布政司左参议。时方平黄萧养，乃尽力安抚，多善政。官至太常寺少卿。

① 残烧：晚霞。
② 古戍：古老的城堡、营垒。

满江红·题把酒问月

倪　谦

灵籁无喧，良夜永、冰轮[①]初上。
秋如许、金风荐爽，素波[②]清泳。
白玉台高天咫尺，褰裳[③]览眺吟怀畅。
便浩歌、把酒问嫦娥，遥相向。

如汉水，葡萄酿。
似鲸吸，江湖量。
乾坤两白眼，任渠豪放。
想是长庚[④]来采石，金銮乍别青藜杖。
待更阑、抱阮好归休，林鸡唱。

倪谦（1415—1479），明应天府上元人，字克让，号静存。正统四年进士。授编修，曾出使朝鲜。天顺初，累迁至学士，侍太子于春宫。后主顺天乡试，因黜权贵之子，被构罪戍边。成化初，复职，官至南京礼部尚书。卒谥文僖。有《朝鲜纪事》《辽海编》《倪文僖集》。

---

① 冰轮：明月。
② 素波：白色的波浪。
③ 褰裳：撩起下裳。
④ 长庚：古代指傍晚出现在西方的金星。

咏物

（其三十二）

徐居正

枝蔓离披[①]倒复扶，黑云垂地暗龙须。
清风满架秋将晚，白日低檐荫已敷。
叶底累累垂马乳[②]，盘中一一走骊珠[③]。
何时乞遍江湖种，酿酒千钟倒酪奴[④]。

徐居正（1420–1488），字刚仲，号四佳亭。朝鲜李朝时期文学评论家、诗人。官至大提学。他对天文、地理、医学颇有研究。

① 离披：分散下垂的样子。
② 马乳：马奶葡萄。
③ 骊珠：龙珠。
④ 酪奴：茶的别名。

题黄正春川明农亭诗卷

（其三）

徐居正

别墅君今拟鉴湖，葡萄美酒滟金盂。
一区云物①神仙界，满眼溪山水墨图。
有约田园多日兴，无私花柳亦春敷②。
惭予白首不归去，愁绪③年来百段纡。

▲ 国画　贺兰山　郭士符

① 云物：云的色彩。
② 春敷：花木春天开放、繁荣。
③ 愁绪：忧愁的心绪。

曾知州送葡萄酒

胡 俨

故人远送葡萄酒，滟滟[1]流霞[2]照玉杯。
百斛骊珠霜后压，一双浑脱雪中来。
金盘尽泻蔷薇雪，银瓮还封玛瑙醅。
留待明年春色里，陌头携赏看花开。

胡俨（1361–1443），江西南昌人，字若思，号颐庵。于天文、地理、律历、医卜无不究览，兼工书画。洪武二十年以举人官华亭教谕。永乐初荐入翰林，任检讨。累官北京国子监祭酒。朝廷大著作皆出其手，任《太祖实录》《永乐大典》《天下图志》总裁官。仁宗时进太子宾客兼祭酒。有《颐庵文选》。

① 滟滟：水光的样子。
② 流霞：浮动的彩云。

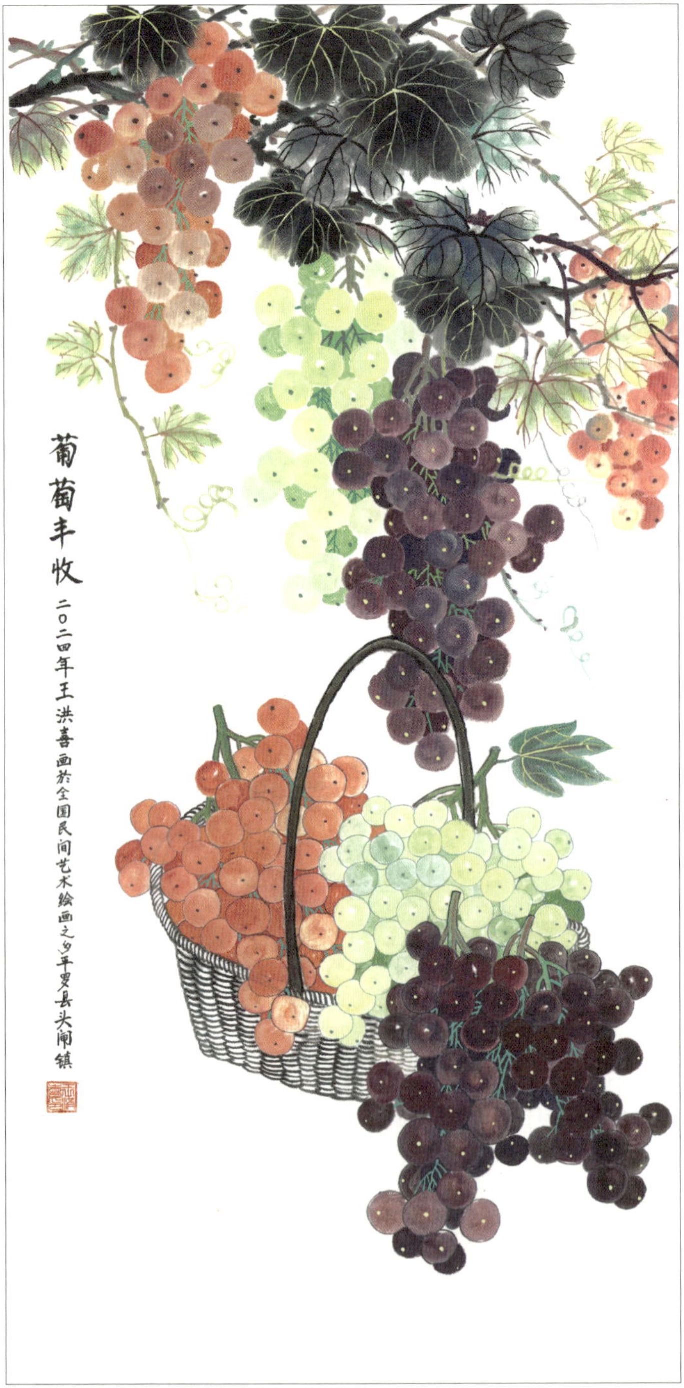
葡萄丰收
二〇二四年王洪喜画於全国民间艺术绘画之乡平罗县头闸镇

▶ 国画　葡萄丰收　王洪喜

葡萄酒

苏　葵

袅袅[①]龙须[②]百尺苍，露花[③]清沁水晶香。

等闲不博凉州牧，留荐瑶池第一觞。

苏葵（1450—1509），明广东顺德人，字伯诚。成化二十三年进士。弘治中以翰林编修升江西提学佥事。性耿介，不谄附权贵。为太监董让陷害，理官欲加之刑。诸生百人拥入扶葵去，事竟得雪。在任增修白鹿书院。官至福建布政使。有《吹剑集》。

① 袅袅：摇曳不定的样子。

② 龙须：葡萄垂丝。

③ 露花：带露的花。

砺庵少保初度日酒阑[1]石斋少保咏水晶葡萄为寿湖东少保有诗次韵冕亦继作

蒋　冕

水晶珠在玉盘堆，还忆春风手自栽。
味比蓬山[2]仙醴胜，根随汉使节旄[3]回。
延年何必求灵药，酿酒偏宜注寿杯。
岁岁华筵[4]酣醉后，蔗浆茶饮可能陪。

蒋冕（1463—1533），明广西全州人，字敬之。成化二十三年进士。正德时，累官户部尚书、谨身殿大学士。时主昏政乱，冕持正不挠，有匡弼功。武宗崩，与杨廷和共诛江彬。嘉靖初，以议“大礼”忤旨，代杨廷和为首辅仅二月即乞归。卒谥文定。有《湘皋集》《琼台诗话》。

① 酒阑：酒宴将结束。
② 蓬山：蓬莱山。
③ 节旄：旌节上所缀的牦牛尾饰物。
④ 华筵：丰盛的宴席。

得伯循书将以十月见访

康　海

葡萄酿作酒，复置琉璃杯。
共君宛转歌，一日三万回。

康海（1475–1540），明文学家、戏曲作家。字德涵，号对山、浒东渔父，武功（今陕西武功西北）人。前七子之一。弘治十五年（1502年）状元，授翰林院修撰。武宗时宦官刘瑾被杀后，因名列瑾党而免官。乡居30年卒。作有杂剧《中山狼》《王兰卿》两种。另有散曲集《浒东乐府》，诗文集《对山集》等。

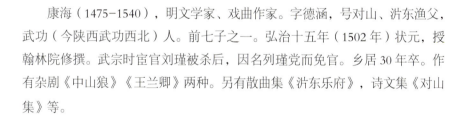

冬日过范泉精舍

冯　裕

画面青山一亩宫，霜红①菊径细泉通。
土阶②剩见藤萝月，石井徐来松竹风。
尽日读书应自得，闭门觅句③许谁工。
黄柑紫蟹葡萄酒，常对清狂鹤发翁。

冯裕，明山东临朐人，字伯顺，号闾山。以戍籍生于辽东，从贺钦学，有学行。正德三年进士。授华亭知县，历迁户部郎中。官至云南按察副使。归田后，与石存礼结诗社。辑所作为《海岱会集》。卒年六十七。

① 霜红：霜后变红色。
② 土阶：土台阶。指居室简陋。
③ 觅句：作诗时冥思苦想。

燕京四时歌

（其四）

徐祯卿

葡萄新酒泼流霞[1]，十月燕山雪作花。

天子后庭[2]夸玉树，昭君胡服拂琵琶。

徐祯卿（1479—1511），明文学家。字昌穀，一字昌国，吴县（今江苏苏州）人。弘治进士，授大理左寺副，坐失囚，贬国子监博士。少与唐寅、祝允明、文徵明齐名，号称“吴中四才子”。诗学白居易、刘禹锡。既登第，改而趋汉魏盛唐，与李梦阳、何景明、边贡、康海、王九思、朱应登、顾璘、陈沂、郑善夫等号称“十才子”，又为“前七子”之一。论诗主情致，与清王士禛所倡神韵说有相通之处。有《迪功集》《谈艺录》等。今人有《徐祯卿全集编年校注》。

① 流霞：浮动的彩云。泛指美酒。

② 后庭：后花园。

古塞上曲七首

（其四）

沈　鍊

都护[1]将军性气和，葡萄美酒奏弦歌[2]。

折冲樽俎[3]非无谓，遮莫[4]沙村走骆驼。

沈鍊（1501—1557），明浙江会稽人，字纯甫，号青霞。嘉靖十七年进士。任溧阳知县，调茌平，入为锦衣卫经历。锦衣帅陆炳善遇之，随炳与严世蕃往来。然性刚直，疾恶如仇。俺答犯京师，兵退后，上疏劾严嵩十大罪，谓国弱政乱，皆由严氏。遭廷杖，谪佃保安。与塞外人相与骂严氏父子，缚草为人象其状，醉则聚子弟射之。因而遭诬陷，被杀。雄于文，下笔辄万言，所著书多被毁，仅存《青霞集》。天启初，谥忠愍。

① 都护：汉朝时期官名。北方游牧民族地区设置的都护府的负责人。

② 弦歌：依琴瑟而咏歌。

③ 折冲樽俎：不用武力而在酒宴谈判中制敌取胜。

④ 遮莫：尽管；任凭。

四月南中词

黎彭龄

霸国[1]江山选胜回，葡萄美酒索郎[2]杯。
青衫[3]危帽桥边立，欲市新鲈不肯来。

黎彭龄，字颛孙。番禺人。淳先次子。诸生。有《芙航集》。

---

① 霸国：在诸侯国中处于盟主地位的国家。

② 索郎：酒名。桑落酒的别称。亦泛指酒。

③ 青衫：古代学子所穿的服装。

登崇文阁

陈 琏

崇巍乎高哉，崇文[①]之阁兮，吾不知其几百尺。
突兀直倚苍冥[②]中，雕檐高飞近晓日。
琼窗洞启来清风，前瞻兮帝阙[③]，下顾兮辟雍。
京畿郁兮千里，五云近兮九重。
太行西来兮迤逦，居庸北拱兮宠嵸。
峰峦远近共环峙[④]，削出朵朵金芙蓉。
是中奇胜甲天下，何况此地名儒宗。
图书浩瀚纷莫数，文光宵吐犹晴虹。

①崇文：崇尚文治。
②苍冥：苍天。
③帝阙：皇城之门。
④环峙：围绕耸立。

汉家天禄不可以复见，幸喜斯阁之高崇。
值校文之多暇，日徙倚而从容。
爱扶舆磅礴之奇秀兮，呼吸尽使归心胸。
阑乾笑拍飞鸟上，豪气不减陈元龙。
俯视十二衢[①]，车马尘蒙蒙。
欲招太白老，更约东坡翁。
葡萄酒倾玛瑙瓮，日醉三百玻璃钟。
人间亦自有胜境，何必飞度扶桑东。

陈琏（1370—1454），明广东东莞人，字廷器，别号琴轩。洪武二十三年举人，入国子监。选为桂林教授。严条约，以身作则。以文学知名于时，文词典重，著作最多，词翰清雅。有《罗浮志》《琴轩集》《归田稿》等。

① 十二衢：本指古代长安城中通向城门的十二条大道，后泛指城市中众多街道。

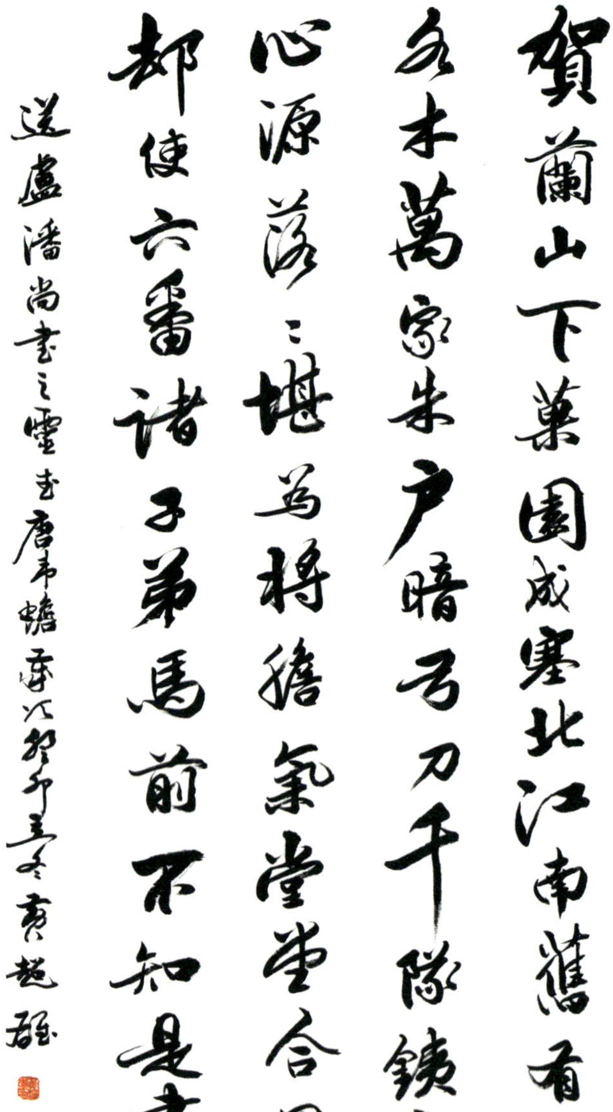

▶ 书法 送卢潘尚书之灵武 黄超雄

谢恩偶成

陈　琏

昨日承宣[1]到玉京，赐金增秩[2]荷恩荣。
衣颁内藏传中使，宴赐容台[3]近列[4]卿。
沉水香清焚宝篆，葡萄酒酽泻瑶觥[5]。
微生何幸沾休泽，愿效涓埃答圣明。

① 承宣：奉命。
② 增秩：增俸；升官。
③ 容台：行礼的高台。
④ 近列：近臣的行列。
⑤ 瑶觥：玉制的酒杯。

题　佚

李孟思

早失双亲天罔极[1]，恩深为赘意无边。
汉江变作葡萄酒，寿爵[2]千年又万年。

李孟思，明人。

▶ 国画　春华秋实　雍进成

① 罔极：无穷尽。
② 寿爵：祝寿的酒杯。

送闽藩从事吴景从考满赴铨科

王　恭

闽藩大府多从事，延陵公子非凡吏。
簿书[1]八郡览清名，刀笔千人让初试。
南宫今去考功名，迢递[2]河山入帝京。
画省堂中拜方伯，丽樵[3]门外别同声。
纷纷祖道螺江口，午日蝉声市门柳。
丹荔高堆玛瑙盘，玉壶满载葡萄酒。
官船击鼓离歌发，一片炎云海波阔。
彭蠡惊心楚树秋，白门买笑吴门月。
西游毕竟沐恩多，应与群公接佩珂[4]。
若对韩休高待诏，道予问讯今如何。

王恭，明福建长乐人，一作闽县人。字安中，自号皆山樵者。少游江海间，中年葛衣草履，归隐于七岩山，凡二十年。永乐四年，以荐待诏翰林。年六十余，与修《永乐大典》，授翰林院典籍。为闽中十才子之一。有《白云樵唱集》《草泽狂歌》。

---

① 簿书：记录财务出纳的本子。
② 迢递：遥远。
③ 丽樵：华丽的高楼。
④ 佩珂：用黄黑色玉石制成的佩饰。

赠戴竹林

陈良弼

玉井峰前种紫芝[①]，日偕君子话襟期。
身闲赢得心如水，岁晚宁辞鬓似丝。
架满琴书鸣夜烛，庭森荆桂丽春[②]晖。
芹羹鲫脍葡萄酒，每向良朋一解颐[③]。

陈良弼，东莞人。明成祖永乐十二年（1414 年）举人，官山东胶州州判。

① 紫芝：真菌的一种，也称木芝。

② 丽春：美丽的春天，比喻写文章辞藻华丽。

③ 解颐：开颜欢笑。

王若水石榴枇杷图

（其一）

张　宁

凉风萧飒①红锦裳，翠袍渐染胭脂香。
琅玕②枝重压欲折，青女③欲拆珍珠囊。
金钢碾碎鸦鹘石，绛绡④迸出玲珑色。
葡萄酒尽蔗浆空，一颗灵丹透诗骨。

张宁，明浙江海盐人，字靖之，号方洲。工书画，能诗。有《方洲杂言》《奉使录》《方洲集》。

① 萧飒：萧条冷落。
② 琅玕：像珠宝的石头。
③ 青女：传说中掌管霜雪的女神。
④ 绛绡：红色绡绢。绡为生丝织成的薄纱、细绢。

挑灯酿酒云窝,泉水煎茶松下阁,雪野鹤,偎写妩诗作画,神游九州华夏。岁庚乙夫之夏 孙铭 作

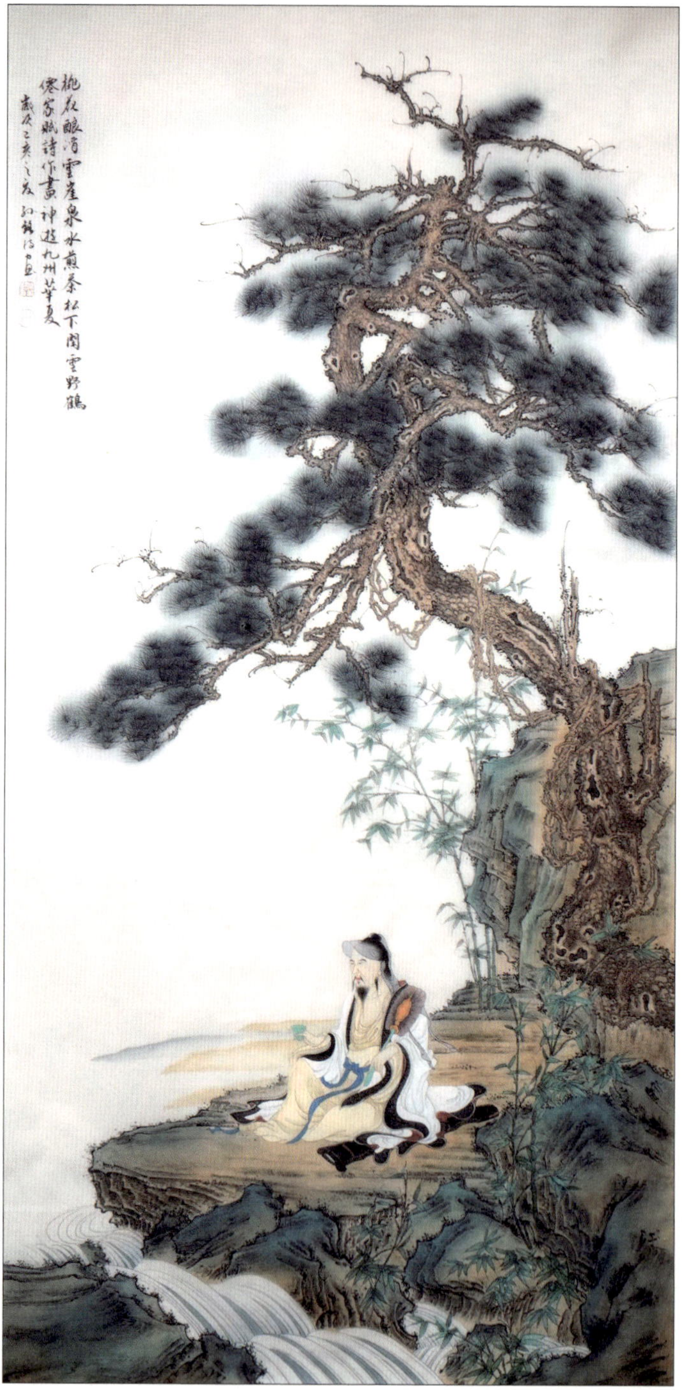

► 国画 高仕图 孙铭

凉州乐

卢　楠

月氏穹庐[1]夜，秋风起暮笳。
河星没雁塞，汉月涌龙沙。
露滴葡萄酒，天寒苜蓿花。
从军莫浪谑[2]，转战属轻车。

卢楠，明大名府浚县人，字少楩，一字子木。国子监生。才高，好使酒骂座。工古文，不喜为八股，故屡试不利。负才忤知县，被诬杀人，系狱数年。谢榛为奔走京师诉冤，及知县易人，始获平反。终以积习难改，落魄卒。有《蠛蠓集》。

① 穹庐：古代游牧民族居住的毡帐。
② 浪谑：放荡戏谑。

临洮院后较射亭放歌行

赵贞吉

东风吹泉作酒香，洮水射河河水黄。
落日正挂昆仑[1]傍，手弯劲羽欺垂杨。
借君厩上三飞骦，葱海蹴踏[2]葡萄浆。
黄鹄[3]高高摩青苍，弹来一曲堪断肠，有女肯嫁乌孙王。

赵贞吉（1508－1576），明四川内江人，字孟静，号大洲。以博洽闻，最善王守仁学。文章雄快。嘉靖十四年进士。授编修。后累迁至户部侍郎，复忤嵩夺职。隆庆初起官，历礼部尚书，文渊阁大学士。颇思改弦易辙，而与高拱不协，遂乞休归。卒谥文肃。有《文肃集》。

① 昆仑：山名。
② 蹴踏：踩；踏。
③ 黄鹄：鸟名。比喻高才贤士。

华阳行赠王孝廉归晋陵

欧大任

华阳馆前秋雪飞，幽州道上行人稀。

当年筑馆[①]人何在，今日拂衣君独归。

萧条策马辞京阙[②]，关门一片西山月。

胡姬葡萄酒初泼，垆头把臂与君别。

君为荆川太史之门生，弟子都讲往往皆名卿[③]。

独守师说奉大对[④]，公孙侧目辕固行。

滹沱河水冻偏早，驿楼官树叶如扫。

上有燕台之衰草，下有荆卿之古道。

行行旅食不堪陈，渔钓江湖且煮莼。

子虚傥遇乡人荐，老作金闺侍从臣。

欧大任（1516–1595），明广东顺德人，字祯伯。嘉靖间由岁贡生官至南京工部郎中。少时即工古文词诗赋，屡试不第。与梁有誉、黎民表、吴旦、李时行重结吟社于广州南园，人称“南园后五子”。卒年八十。有《虞部集》《百粤先贤志》。

① 筑馆：修建馆舍。

② 京阙：指皇宫、京城。

③ 名卿：有声望的官员。

④ 大对：对答天子的询问和策问。

蒲桃[①]

徐　渭

闻道[②]羌葡萄，家家用醅酒[③]。
老夫画笔渴，此时堪一斗。

徐渭（1521—1593），明文学家、书画家。初字文清，改字文长，号天池山人、青藤道士，或署田水月，山阴（今浙江绍兴）人。诗文奇纵恣肆，强调独创，反对模拟，故深受公安派推崇，有《徐文长三集》《徐文长逸稿》《徐文长佚草》。其对戏剧也有贡献，有专著《南词叙录》，杂剧《四声猿》，另有《歌代啸》相传亦为其所作。

① 蒲桃：通葡萄。
② 闻道：听说。
③ 醅酒：没有过滤去糟的酒。

▶ 贺兰砚　葡萄　郝氏砚台

塞上歌十首送王侍郎赴蓟镇

（其九）

宗　臣

白羽[①]亲成露布文，满天愁色结寒云。
三军尽赏葡萄酒，九塞传歌虎豹群。

宗臣（1525–1560），明文学家。字子相，兴化（今属江苏）人。嘉靖进士，历官福建参议，以率众击退倭寇，迁提学副使。早年才高气雄，与李攀龙、王世贞等倡导诗文复古，为“后七子”之一。有《宗子相集》。

① 白羽：白色的羽毛，古代指军中主帅的指挥旗帜。

寄甘肃侯中丞儒宗

王世贞

回首齐门和铗歌，辟书[1]先后起烟萝[2]。
幕中明月堪相共，镜里秋霜奈我何。
燕颔[3]古来金印远，虎符[4]西去玉关多。
那能醉尔葡萄酒，射鹿还煎热洛河。

王世贞（1526–1590），明文学家、史学家。字元美，号凤洲、弇州山人，太仓（今属江苏）人。嘉靖进士，官至南京刑部尚书。与李攀龙同为“后七子”首领，共主文坛二十余年，时称“王李”；其持论承李梦阳、何景明等，主张文必秦汉，诗必盛唐。晚年主张稍有改变，所作诗文渐趋平淡。一生著述宏富，有《弇州山人四部稿》《弇州山人续稿》《读书后》《艺苑卮言》《弇山堂别集》《嘉靖以来首辅传》等。一说传奇《鸣凤记》也出自其手。

① 辟书：征召的文书。
② 烟萝：借指幽居或修真之处。
③ 燕颔：指武将；勇士。
④ 虎符：古代帝王授予臣下兵权和调发军队的信物，为虎形。

春宫曲

王世贞

十二珠帘帖绛纱[1]，山香一曲驻飞花。
当筵拜领[2]葡萄酒，纤月[3]双弯[4]衬脸霞。

▶国画 秋色满园 雍进成

① 绛纱：犹绛帐。对师门、讲席之敬称。
② 拜领：敬辞，感谢对方馈赠。
③ 纤月：未弦之月；月牙。
④ 双弯：指古代女人的一双小脚。

赠别于鳞[1]还邢州

（其三）

王世贞

葡萄美酒玉壶寒，写向离筵泪并残。
纵有[2]隋珠高月色，不知中夜向谁看。

① 于鳞：李攀龙（1514—1570），字于鳞，号沧溟，历城人。嘉靖二十三年（1544年）进士，历陕西提学副使，官至河南按察使。其诗倡导摹拟复古，著有《沧溟集》《白雪楼诗集》《古今诗删》《唐诗选》等。

② 纵有：即使有。

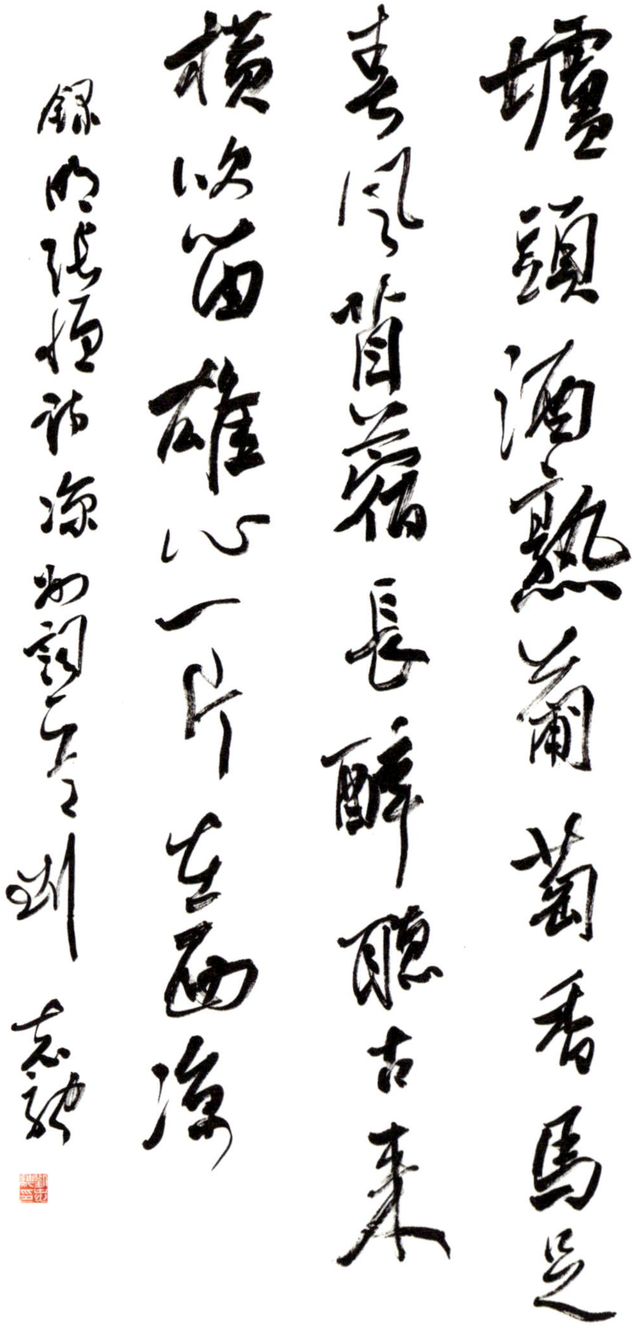

▶ 书法 凉州词 刘志骋

清江引

汤显祖

葡萄酒熟了香打辣。
凹鼻子寒毛[①]乍。
醉了咬西瓜。
划起雪山花。
趱行程番鼓儿好一会价打。

汤显祖（1550–1616），明戏曲作家、文学家。字义仍，号海若、若士、清远道人，临川（今江西抚州）人。所居名玉茗堂。作有传奇《紫箫记》《紫钗记》《还魂记》（即《牡丹亭》）《南柯记》《邯郸记》五种，后四种合称《玉茗堂四梦》或《临川四梦》。作品颂扬人性真情，对封建礼教和当时黑暗政治有所暴露和抨击。以《还魂记》最著名。诗文有《红泉逸草》《问棘邮草》《玉茗堂集》等。明清两代有些戏曲作家模拟其文辞风格，被称为“玉茗堂派”或“临川派”。

① 寒毛：人体皮肤上的细毛。

花朝曲

（其五）

李良柱

玉塞[1]朝朝有雁归，羽书[2]应不到金微[3]。
葡萄酒熟銮奴醉，苜蓿花开苑马肥。

李良柱，番禺人。明神宗万历二年（1574年）进士，官广西布政司参议。

① 玉塞：玉门关的简称。
② 羽书：指书信。
③ 金微：古山名。即今阿尔泰山。

▶ 国画　春华秋实硕果盈枝　雍进成

容亲家惠寿品有西洋酒并诗依韵

黄公辅

谬从颠踣度年华，潦倒宁辞拙渐加。
但得玄谈①医俗障，何须勾漏②问丹砂。
况分海外葡萄酒，共煮山中石鼎③茶。
为谢世途扰扰者，免来唐突养生家。

黄公辅，明广东新会人，字振玺。万历四十四年（1616年）进士，官御史，忤魏忠贤去官。后迁江西参政，分守宝庆，有政绩。卒年八十有四。有《北燕岩集》四卷。

① 玄谈：泛指脱离实际的空论。
② 勾漏：山名。
③ 石鼎：陶质的烹茶器具。

春堤

谢长文

春堤草暖绿芊芊[1]，燕乳莺娆晓旭前。

玉腕丽人金条脱[2]，珠襦游侠铁连钱[3]。

绮罗香泛葡萄酒，坞岸晴吹榆柳烟。

茅店垆头初月上，貂裘醉解拥花眠。

谢长文（1588-？），字伯子，号花城。番禺人。明思宗崇祯四年（1631年）贡生。素有文名，曾参与陈子壮所开南园诗社，又和黎遂球《黄牡丹诗》十章，名曰《南园花信诗》。有《乙巳诗稿》《雪航稿》《秋水稿》《谢伯子游草》。

①芊芊：草木茂盛貌。

②条脱：古代的臂饰。

③铁连钱：良马身上的特征。

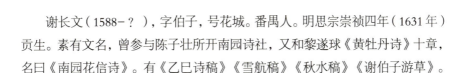

饮杜韬武将军清汉山房

（其二）

阮大铖

解镇复何事，闲倾金叵罗。
弋鸿向霄汉①，逐兔②过岗坡。
近挈葡萄酒，来听桃叶歌。
丹丘③放吟眺，醉尉④奈予何。

阮大铖（约1587–1646），明怀宁（今安徽安庆）人，字集之，号圆海。万历进士。天启时依附魏忠贤，崇祯时废斥，匿居南京；力求起用，受阻于东林党和复社。弘光时马士英执政，得任兵部尚书，对东林、复社诸人立意报复。后降清，从攻仙霞岭而死；一说为清军所杀。所作传奇今知有九种，现存《燕子笺》《春灯谜》《牟尼合》《双金榜》四种。

① 霄汉：遥远的天河。
② 逐兔：追逐兔子。
③ 丹丘：传说中神仙所居之地。
④ 醉尉：借指势利小人。

闻关门警

（其三）

阮大铖

铁甲凝霜蕃马腥，边头①百战骨丁零。

胡雏②笑饮葡萄酒，醉上高原放海青③。

▲ 国画　珍馔　雍进成

① 边头：边境地区。

② 胡雏：对胡人的蔑称。

③ 海青：海东青，一种凶猛的鸟。

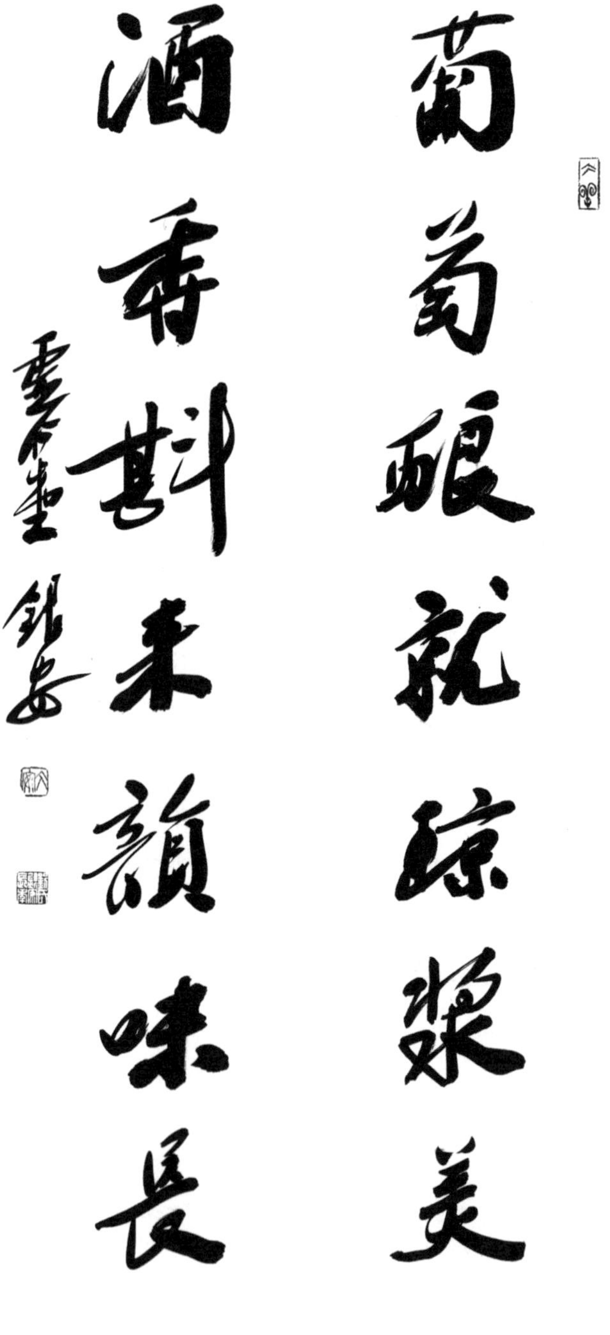

▶ 书法　葡萄酿就琼浆美　刘银安

邓道鸣阃帅招集邻霄台送邓汝高计部还朝

徐 熥

三叠[①]骊歌[②]绕翠微[③]，凉风初动叶初飞。
尊倾大将葡萄酒，泪湿穷交[④]薜荔衣[⑤]。
自信青山盟尚在，空怜白社客全稀。
清泠台上频回首，目断燕云一雁归。

徐熥，明福建闽县人，字惟和。万历四十六年举人。负才淹蹇，肆力诗歌。与弟徐勃并有才名，然勃以博学称，熥则以词采著。有《幔亭集》。

① 三叠：古奏曲之法，至某句乃反复再三，称三叠。
② 骊歌：告别的歌。
③ 翠微：形容山光水色青翠缥缈。
④ 穷交：患难之交。
⑤ 薜荔衣：用薜荔的叶子制成的衣裳。原指神仙鬼怪所披的衣饰，后借以称隐士的服装。

凉州词

张　恒

垆头[1]酒熟葡萄香，马足[2]春风苜蓿长。
醉听古来横吹笛，雄心一片在西凉。

张恒，明苏州府嘉定人，字伯常，一字明初。万历八年进士。知茶陵州，历刑部员外郎、郎中，出知建昌府，皆以善断狱称。官至江西右参政。有《因明子》《明志稿·续稿》《长吟草》。

① 垆头：酒坊。
② 马足：马奔跑的力量。

白纻歌二首

（其一）

胡应麟

葡萄之酒琥珀缸，金罍①玉斝②春茫茫。
博山炉焚沉水香，翠屏朱户罗笙簧。
援琴③鼓瑟流清商，洞箫遏云声飞扬。
珠帘不卷凝夜霜，千花万花夹华堂。
明星烂烂出东方，左挟安陵右龙阳。
美人翠袖娇红妆，秦城卫女纷成行。
愿君一盼生辉光，清歌盈盈绕画梁，夜如何其夜未央。

胡应麟（1551–1602），明文学家。字元瑞，更字明端，号石羊生、少室山人，浙江兰溪人。万历举人。筑室山中，聚书四万余卷，潜心著述以终。诗文承后七子余风，受王世贞赏识，登其名于“末五子”之列。其论诗在推崇汉魏盛唐格调基础上，更提出“兴象风神”。有《少室山房类稿》《诗薮》《少室山房笔丛》等。

---

① 金罍：饰金的大型酒器。

② 玉斝：玉制的酒器。

③ 援琴：持琴，弹琴。

第五篇

清朝

西邮好贮葡萄酒，南海空矜鹦鹉螺。

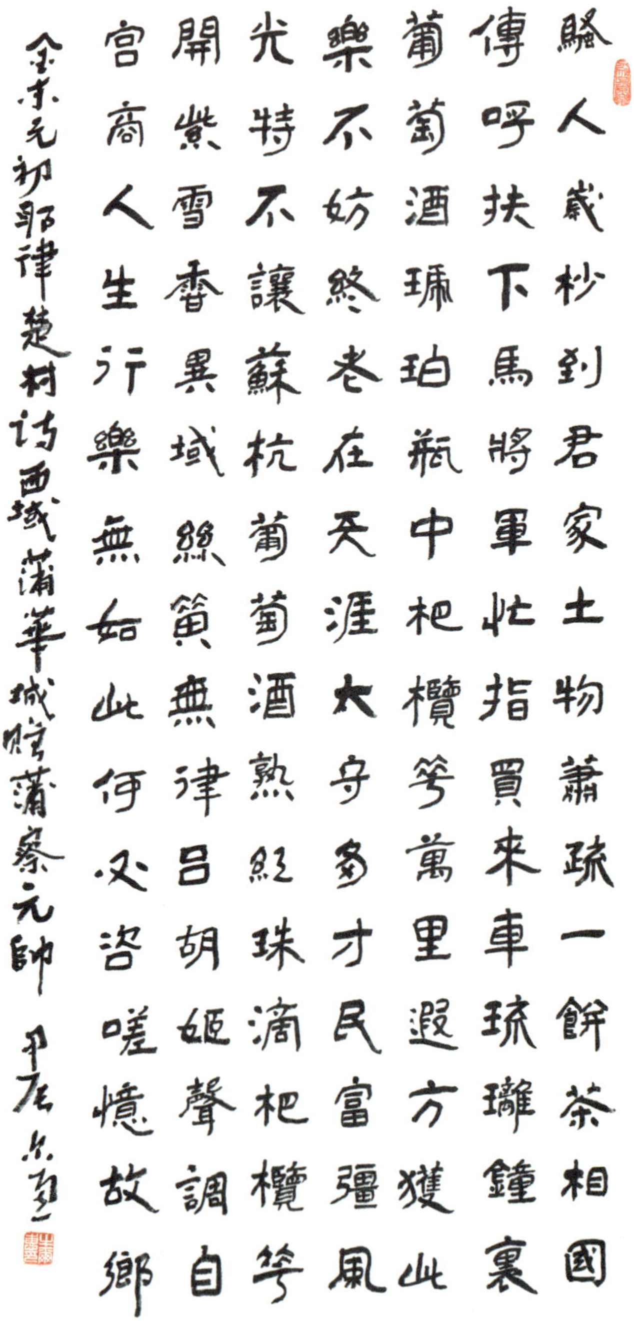
騷人歲杪到君家土物蕭疏一餅茶相國
傳呼扶下馬將軍㕍指買来車琉璃鐘裏
葡萄酒琥珀瓶中杷欖等萬里遐方獲此
樂不妨終老在天涯太守多才民富彊風
光特不讓蘇杭葡萄酒熟紅珠滴杷欖等
開紫雪香異域絲篁無律呂胡姬聲調自
宮商人生行樂無如此何必咨嗟憶故鄉
金末元初耶律楚材詩西域蒲華城贈蒲察元帥
尔惠

▶ 书法　西域蒲华城赠蒲察元帅　牛尔惠

送陇右道吴赞皇之任

吴伟业

笳鼓[1]千人度陇头[2]，使君斜控紫骅骝[3]。
城高赤坂鱼盐塞，日落黄河鸟鼠秋。
移檄[4]北庭收属国，阅兵西海取封侯。
请倾百斛葡萄酒，玉笛关山缓带[5]游。

吴伟业（1609—1672），明末清初诗人。字骏公，号梅村、鹿樵生，太仓（今属江苏）人。师事张溥，为复社成员。明崇祯进士，官至左庶子。弘光时任少詹事。入清后，官至国子祭酒。工诗文，善词曲，亦精书画，而尤以诗歌名世，与钱谦益、龚鼎孳并称“江左三大家”。早期诗作风华绮丽，经乱离后多激楚苍凉之音。受唐“长庆体”影响，以七言歌行表现个人在历史变迁中的命运，最为世人称道，号为“梅村体”。有《梅村家藏稿》、传奇《秣陵春》、杂剧《临春阁》《通天台》等。今人辑有《吴梅村全集》。

① 笳鼓：笳声和鼓声，借指军乐。
② 陇头：六盘山地区。
③ 骅骝：周穆王八骏之一。泛指骏马。
④ 移檄：古代官方文书移和檄的并称。多用于征召、晓谕和声讨。
⑤ 缓带：悠闲自在，从容不迫。

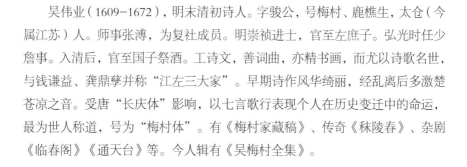

冬夜同秋岳舒章凫公集尔唯菊房限韵

（其二）

龚鼎孳

不敢停杯数少年，楚歌[1]聊复[2]泣当筵。
最怜燕市葡萄酒，恰负江南橘柚天。
雁背有霜横暮角[3]，鸡声无地蹴先鞭。
东方玩世惟游戏，自悔狂夫学佩弦[4]。

龚鼎孳（1616—1673），明末清初文学家。字孝升，号芝麓，安徽合肥人。明崇祯进士，官兵科给事中。李自成攻克北京，授直指使。入清，授吏科给事中，历官至礼部尚书。谥端毅。工诗词古文，诗尤负时誉，与钱谦益、吴伟业齐名，有“江左三大家”之称。有《定山堂全集》。今人编有《龚鼎孳全集》。

① 楚歌：指悲歌，表示陷入困境。
② 聊复：暂且。
③ 暮角：日暮的号角声。
④ 佩弦：佩带弓弦。弓弦常紧绷，故性缓者佩以自警。

题壁

毛奇龄

十里隋堤①看柳花，旗亭②南上玉钩斜③。

红螺杓子④葡萄酒，醉杀扬州马佩家。

毛奇龄（1623–1713），明末清初学者、文学家。字大可、齐于，号初晴、秋晴等，又以郡望称西河。浙江萧山（今杭州市萧山区）人。长于经学与音韵学，所撰《四书改错》，对当时用为科举取士的朱熹《四书集注》有所抨击。又通乐律，工诗词古文。有《西河合集》等。

① 隋堤：运河的堤岸。

② 旗亭：指酒楼。

③ 玉钩斜：古代著名游宴地。在今江苏铜山县南。

④ 杓子：舀东西的器具。舀物部分大体作半球形，有柄。

就亭醉歌答李宗伯

施闰章

芳洲如碧玉，落花成锦茵[1]。
绿波与奇树，荡漾清江春。
仓庚[2]声里天气新，葡萄酒酌谪仙人。
谪仙八十颜如童，开口大笑生春风。
绯桃杜鹃独晚发，两株正照金尊红。
坐我芙蓉屋，倚我筼筜亭。
树里丹楼纷翕赩[3]，城头叠嶂来青冥。
谓余亭阁好无敌，青山古树尤难得。
古树轮囷百岁馀，青山回薄万古色。
天留胜事待吾侪[4]，会合登临岂人力。
管弦日暮重开宴，娇歌忽忆芙蓉面。
洛浦[5]明珠帐不还，舞衫化作西飞燕。

①锦茵：锦制的垫褥。
②仓庚：黄莺的别名。
③翕赩：光色盛貌。
④吾侪：我辈。
⑤洛浦：洛水之滨。

歌欲阙，夜未央。

请君再进白玉觞，风回花片入酒香。

壮心暮齿慨且慷，吾独何为生悲凉。

施闰章（1618-1683），明末清初诗人。字尚白，号愚山、蠖斋、矩斋，宣城（今属安徽）人。以诗格高雅淡素著闻，与宋琬齐名，有“南施北宋”之称。兼擅古文，长于序记。有康熙间刻本《施愚山先生全集》。今人有点校本《施愚山集》。

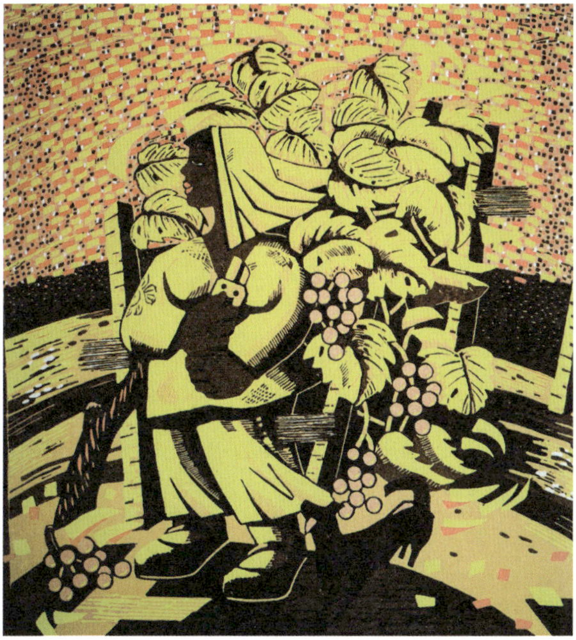

▶版画 葡萄与少女 孙晓磊

大都宫词

（其三）

屈大均

具带[1]盘龙[2]锦，垂髾[3]堕马妆。
汉宫丹凤[4]女，胡地白羊王。
夜醉葡萄酒，朝开蹋鞠场[5]。
邯郸诸小妇，杂坐弄笙簧。

屈大均（1630–1696），清文学家。初名绍隆，字介子、翁山，广东番禺（今广州）人。工诗词古文，多写家国兴亡之事。诗歌尤负盛名，为“岭南三大家”之冠。有《翁山诗外》《翁山文外》《道援堂集》《广东新语》等。

① 具带：饰金的腰带。
② 盘龙：形容卷曲如龙。
③ 垂髾：燕尾形的发髻。
④ 丹凤：下达诏书的人。
⑤ 鞠场：古代蹴鞠场地。

广州荔支[1]词

（其四十五）

屈大均

江南黑叶已称珍，玄墓杨梅敢与伦。

塞外葡萄宜酿酒，燕中频果[2]莫沾唇。

▶ 国画　紫气东来　孙铭

① 荔支：荔枝。

② 频果：苹果。

送曾青藜归光福山

吴 绮

南丰曾子人中豪，机云[1]与吾皆久要。
十年以来各奔走，人琴泪落新亭酒。
今年与仲为客同，握手扬州夕照中。
扬州旧是莺花[2]地，四海宾朋多意气。
酒国词场有战争，袒臂轩眉[3]无次第。
多君壮志时激昂，龙章凤质[4]如嵇康。
玉山不改澄波度，彩笔长分皎月光。

①机云：晋陆机、陆云两兄弟的并称。亦借称两位杰出的兄弟。
②莺花：莺啼花开。
③轩眉：扬眉，形容得意。
④凤质：指人美好的品质。

予独沉吟甘寂寂，爱君顾我同晨夕。
不待云门[①]奏曲终，此心自许[②]胶和漆。
吁嗟[③]友朋离合皆有数，当时岂少相逢处。
肝胆须从末路知，论交却悔平生误。
明年邓尉梅花开，我欲浮家更一来。
愿君汲取三万六千顷，为我酿作葡萄醅。

吴绮（1619—1694），清文学家。字薗次，号听翁、丰南，江都（今江苏扬州）人。清顺治拔贡，官至湖州知府。工诗词，时称红豆词人；尤善骈文，与陈维崧齐名；亦作戏曲。有《林蕙堂集》等。

① 云门：高耸的大门，指富贵人家。
② 自许：自夸，自我评价。
③ 吁嗟：叹词。表示忧伤或有所感。

▶ 国画 紫葡萄 马建军

再宿韦玄锡茂林率作志别

陈恭尹

尽辟青山作一园，林中别自[1]有乾坤。
高台望海时携客，古木含风[2]日在门。
信宿[3]未能穷逸兴[4]，重来应不负前言。
只须满酿葡萄酒，煮笋烹泉莫过烦。

陈恭尹（1631—1700），清诗人。字元孝，号半峰，又号独漉子，广东顺德（今佛山市顺德区）人。其诗多写家国兴亡之事，风格沉挚。与屈大均、梁佩兰并称为“岭南三大家”。亦工书法。有《独漉堂集》。今人有《陈恭尹诗笺校》。

① 别自：独自，各自。
② 含风：带着风，被风吹拂着。
③ 信宿：连宿两夜。
④ 逸兴：超逸豪放的意兴。

贺新郎·送姜西溟入都

陈维崧

去矣休回顾。
尽疏狂[①]、长安市上，飞扬跋扈。
谁道天涯知己少，半世人中吕布。
仗彩笔、凭陵[②]今古。
伏枥[③]悲歌平生恨，肯车中、闭置加穷绔。
君莫信，文章误。

① 疏狂：豪放，不受拘束。
② 凭陵：凌驾，超越。
③ 伏枥：壮志未酬，蛰居待时。

杨花细糁京江渡。

恰盈盈、租船吹笛，柁楼[1]挝鼓。

屈指帝城秋更好，寄语冰轮玉兔。

为我照望诸君墓。

相约当年荆高辈，唤明驼倒载琵琶女。

葡萄酒，色如乳。

陈维崧（1625–1682），明末清初文学家。字其年，号迦陵，宜兴（今属江苏）人。才力富健，诗文兼擅，尤以词与骈文成就最高。词学苏、辛，所作词一千六百余首，为历代词人之冠，风格以豪放为主，并以他为首形成阳羡词派。与朱彝尊、顾贞观并称为“词家三绝”。骈文气脉雄厚，风骨浑成，与吴绮同称名家。有《湖海楼全集》等。今人有点校本《陈维崧集》。

① 柁楼：船上操舵之室。亦指后舱室。因高起如楼，故称。

登李白酒楼

梁佩兰

我登李白楼，欲饮李白酒。
不得见李白，饮酒亦无友。
古今世界如酒槽，不是成粕便成糟。
古来圣贤尽酒帝，不是大醒必大醉。
上呼李白白不闻，缥缈八极[1]凌烟云[2]。
此时想醉在天上，投壶玉女笑相向。
有唐之代无两人，气豪识旷风雅新。
布衣名姓动天子，金銮殿前赐学士。
葡萄酒酌颇梨[3]杯，妃子擎进胡为来。
宵郎一旦向西去，天不闃雷地冥雨。
当年权势攻饮狂，小鸟群笑孤凤凰。
白也沉湎非无意，醒来看人欲羞死。

① 八极：八方极远之地。
② 烟云：形容高远之处。
③ 颇梨：指状如水晶的宝石。

孔巢父，元丹丘，与尔饮酒在此楼。
任城令作东道主，任城万家尽酒户。
至今酒楼高崔嵬[1]，遗像重觉玉山颓。
才人落魄好潇洒，痛饮即是痛哭者。
我欲渡河恨无梁，我欲升天恨无梯。
请起李白在千古，相与对饮成醉泥。
摘取天上日月星宿当酒钱，撑取地下江淮河汉当酒船。
更叱沧溟[2]化酒泉，神龙吸海鲸吸川。
饮酒之外何有焉，饮酒之外何有焉。

梁佩兰（1629-1705），清诗人。字芝五，号药亭，广东南海（今广州）人。以诗名世，藻丽辞豪，歌行尤妙。与屈大均、陈恭尹并称“岭南三大家”，又与程可则、陈恭尹、王邦畿、方殿元、方远、方朝并称“岭南七子”。有《六莹堂集》。

① 崔嵬：本指有石的土山。后泛指高山。
② 沧溟：大海。

古银槎[1]歌赠荔裳

曹尔堪

长安伏日赤如火，曲槛[2]虚亭门不锁。
宋公召我园林游，河朔冰盘浸瓜果。
山雨忽收宾客至，出示酒枪异恒制[3]。
枯槎[4]怪石坐神仙，周彝汉卣应无二。
元季巧匠朱碧山，市隐皋桥称绝艺。
倪黄山水吴兴书，几与古人争位置。
群贤惊诧手摩挲[5]，神刀鬼斧曾琢磨。
西邮好贮葡萄酒，南海空矜鹦鹉螺。
至正年间遭杀僇，野火烧天烟万斛。
内府珍裘裂雉头，旧家宝瑟焚蛇腹。

①银槎：银制的盛酒器。
②曲槛：曲折的栏杆。
③恒制：长久不变的准则。
④枯槎：老树的枝杈。
⑤摩挲：抚摸，琢磨。

独此古物在人间，感慨乾坤同转毂。
秘器[①]偕藏埒球贝，波斯问价昂珠玉。
三百年来贵有徵，请检陶家辍耕录。
亟呼从者倾郫筒[②]，恢拓[③]智勇开心胸。
为庆遭逢落公手，瓷碗况出隗嚣宫[④]。
两美相兼且觞月，干将莫邪亦神物。
枕蛇骑虎安足愁，读罢长歌叹奇绝。
宋公本是神仙才，文笔不役人间来。
何妨跳入银槎里，御风万里游蓬莱。

曹尔堪（1617-1679），清浙江嘉善人，字子顾，号顾庵。顺治九年进士，授编修，官侍讲学士。多识掌故。工诗。填词与曹申吉齐名，称南北二曹。罢归后，优游田园间。有《南溪文略》《南溪词》。

① 秘器：棺材。
② 郫筒：竹制盛酒器。
③ 恢拓：发扬，弘扬。
④ 隗嚣宫：隗嚣的宫室。宫在秦州麦积山北，为隗嚣避暑之地。

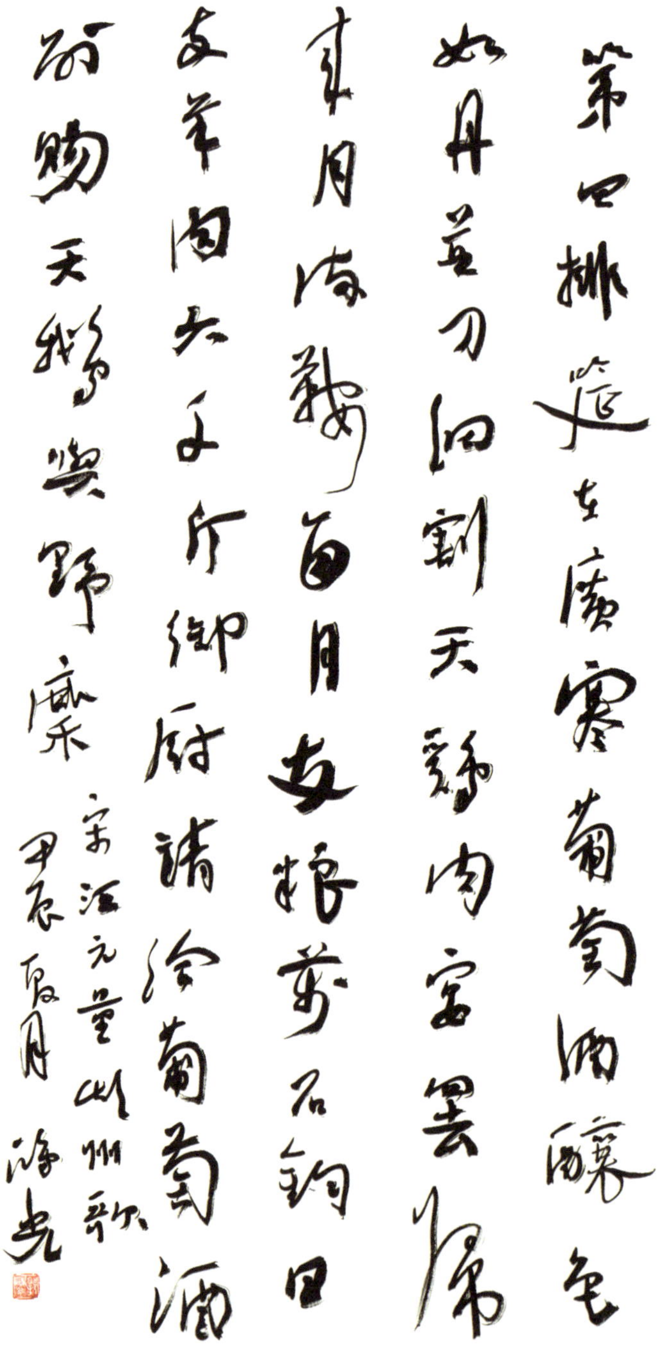
第四排筵在广寒葡萄酒酽色
如丹并刀细割天鹅肉宴罢归
来月满鞍每月支粮万石钧日
支羊肉六千斤御厨请给葡萄酒
别赐天鹅与野麋
宋汪元量湖州歌
甲辰夏月
鸿光

▶ 书法　湖州歌　郭鸿光

秋怀诗

（其十）

查慎行

三径[1]无资谩管弦，清才[2]差胜广文[3]毡。
蓝田记入昌黎集，绛帖碑留淳化年。
一县葡萄秋酿酒，千家砧杵[4]月临边。
猪肝不用供他客，双鹊东轩信早传。

查慎行（1650–1727），清诗人。字悔余，号初白、他山，初名嗣琏，字夏重，海宁（今属浙江）人。少从黄宗羲、钱澄之受学。康熙间以举人召值南书房，赐进士出身，授翰林院编修。诗宗宋人，尤致力于苏轼、陆游，所作多写行旅之情，善用白描手法，为清初宋诗派名家。有《敬业堂诗集》《补注东坡编年诗》等。

① 三径：指归隐者的家园。
② 清才：才能卓越，品行高洁的人。
③ 广文：宽厚的文德。
④ 砧杵：捣衣石和棒槌。亦指捣衣。

次开原县

杨　宾

风卷平沙[1]荐草齐，夫馀城上夕阳低。
葡萄酒禁谁能醉，苜蓿场空马自嘶。
郡县未分威远北，人家多住塔山西。
明朝更出条边口[2]，朔雪塞云处处迷。

杨宾，清浙江山阴人，字可师，号耕夫，晚号大瓢山人。为人作幕。其父坐事长流宁古塔，请代父戍不许，与弟先后出塞省父。习其地理沿革、山川道里、风土人情，著《柳边纪略》，为世所称。另有《晞发堂集》《杨大瓢杂文残稿》。

① 平沙：指广阔的沙原。
② 边口：边关。

送色侍郎奉使西宁督理兵饷

汤右曾

天近阳关震鼓鼙[1]，行营金印手亲提。
转输关内兼河内，节制[2]湟西更陇西。
传箭[3]军中收铁勒，踏歌池上唱铜鞮。
葡萄酒熟边城路，好问尚书训士[4]齐。

汤右曾（1656—1722），字西崖，仁和人。康熙戊辰进士，改庶吉士，授编修，官至吏部右侍郎兼翰林院掌院学士。有《怀清堂集》。

① 鼓鼙：军中的乐器，指大鼓和小鼓。
② 节制：控制。
③ 传箭：传递令箭。
④ 训士：训教生员、士子。

金缕曲·自题和竹垞洞仙歌后并柬仲湘三十七叠前韵

叶绍本

句赌葡萄酒。
问从来、美人芳草，情可忘否。
娀女宓妃[1]骚客[2]赋，艳采曾辉南斗。
敢轻道、香生窍九。
黛发双蛾[3]脂染颊，只金箱、宝轴风裁守。
荇菜咏、葩诗首。

鸳鸯七十成行走。
有多少、玉环约腕，绛襦垂手。
曲是同声歌捉搦，一种温柔自受。
好细谱、玲珑唱口。

① 宓妃：传说中的洛水女神。
② 骚客：诗人，文人。
③ 双蛾：美女的双眉。

绮语空中随意撰，到色天、世界无妍丑。

劝醽醁[1]、舞台牖。

叶绍本，字仁甫，号筠潭，归安人。嘉庆辛酉进士，改庶吉士，授编修，历官山西布政使，降鸿胪寺卿。有《白鹤山房诗钞》。

▲ 国画　硕果累累　陈景芝

① 醽醁：美酒名。

边关行

谭钟钧

边风吹沙沙半飞，营门栖鸦鸦乱啼。
客子膏车[①]酒泉北，将军驻马汉关西。
将军揖客[②]葡萄酒，耳热乌乌酣拊缶[③]。
老卒犹能舞佩刀，幼兵亦解鸣刁斗[④]。
晨昏训练气不骄，军中部伍各见招。
始信今有定远侯，不尔便是霍嫖姚。
天下雄关推第一，一将当关世无匹。
北门锁钥君何如，况有生平万人敌。
安得生擒吐谷浑，壮士长驱入玉门。
狂飙催送关头立，浩浩无垠见戈壁。
昆仑蜿蜒发河源，九曲狂流望不极。
雪山璀璨冰梯高，一白遥含远天碧。
俯瞰山城临九渊，宝石磦砢泉涓涓。

①膏车：在车轴上涂油。借指远行。
②揖客：向客人拱手行礼。
③拊缶：击打缶。
④刁斗：古代行军用具。

兴来匹马万峰顶，浩火汲取衙斋煎。
祁连葱岭渺天末，苍然大地浮云烟。
我抚沧桑怀太古，一粟太仓渺何许。
干戈漂泊寄孤踪，回首湘山泪如雨。
为君楚舞歌楚歌，万里龙堆柰若何。
昭代[①]承平[②]二百载，徒旅嬉嬉卸兵铠。
一朝树纛张楚军，斥堠[③]牙旗尽修改。
身先士卒轰雷霆，剪锄荦确[④]披榛荆[⑤]。
手皴足皲精力悴，周道硍硱如砥平[⑥]。
紫电青霜严武库，汉官仪重见军门。
我乘高车叩关吏，寻诗塞外添诗意。
天山皑皑衰草黄，一抹斜阳浩无际。
胡笳羌笛声咿哑，匈奴未灭何为家。
主人劝客且痛饮，插剑醉卧沙场沙。

谭钟钧，字秉卿，号古谭，新化人。有《古谭诗录》。

① 昭代：政治清明的时代。
② 承平：太平。
③ 斥堠：侦察兵。
④ 荦确：怪石嶙峋。
⑤ 榛荆：犹荆棘。形容荒芜。
⑥ 砥平：平坦，安定。

家大人命赋来青之室谨成长歌

李振钧

阳春烟景足吟赏，放眼高歌浮碧落。
静观自得佳兴同，匪唯容膝①欣有托。
虞山楼高迎大海，柳浪湖圆绕外郭。
中有官衙转运居，西偏一室依山脚。
青峰迤逦薜萝②墙，朱栏屈曲芙蓉幕。
大人公馀偶小憩，惜此分阴③感萧索。
闲情湿雪赋梅花，佳兆春风簪芍药。
不有名区寄旷怀，何因雅集传官阁。
殷勤拂拭旧窗纱，额曰来青破寂寞。
三径④移栽即墨松，半间留饲成都鹤。
楸枰⑤著子石生苔，竹馆鸣弦风卷箨。

①容膝：狭小之地。

②薜萝：薜荔和女萝。两者皆野生植物，常攀缘于山野林木或屋壁之上。借指隐者或高士的住所。

③分阴：极短的时间。

④三径：归隐者的家园。

⑤楸枰：棋盘。古时多用楸木制作，故名。

葡萄旧酿酒樽开，旗枪新试茶铛灼。
斗室能藏大块春，升堂但见诸天廓。
髫龄[1]随侍古齐州，数椽书舍尤开拓。
三岛神山翠黛浓，万里海天黑云霸。
回首当年倦倚栏，惆怅东风事如昨。
更忆京华青琐客，玉堂粉署扃金钥。
月明铁马响丁冬，梦入江南涉林薄。
也知传社如云烟，竹楼雪堂先民作。
三载报政逝将去，四时读书聊可乐。

李振钧，字海初，太湖县人。道光己丑一甲一名进士，授编修。有《味镫听叶庐诗草》。

① 髫龄：幼年。

感事三首

（其一）

黄遵宪

酌君以葡萄千斛之酒，赠君以玫瑰连理之花。
饱君以波罗径尺之果，饮君以天竺小团之茶。
处君以琉璃层累[①]之屋，乘君以通幰四望之车。
送君以金丝压袖之服，延君以锦幔围墙之家。
红氍贴地灯耀壁，今夕大会来无遮。
褰裳[②]携手双双至，仙之人兮粉如麻。
绣衣曳地[③]过七尺，白羽覆髻腾三叉。
襜褕乍解双臂袒，旁缀缨络中宝珈[④]。
细腰亭亭媚杨柳，窄靴簇簇团莲华。
膳夫中庭献湩乳[⑤]，乐人阶下鸣鼓笳。

① 层累：逐层积累。
② 褰裳：撩起下衣。
③ 曳地：拖地。
④ 宝珈：珍贵的首饰。
⑤ 湩乳：乳汁。

诸天人龙尽来集，来自天汉通银槎[1]。
衣裳阑斑[2]语言杂，康乐和亲欢不哗。
问我何为独不乐，侧身东望三咨嗟？

黄遵宪（1848—1905），清末诗人、外交家。字公度，广东嘉应（今梅州）人。论诗主张“我手写吾口”，要求表现“古人未有之物，未辟之境”，创为“新派诗”。内容多写国内外重大历史事件和新事物、新知识、新理想，形式也较多变化，语言趋于通俗明畅，但仍遵旧体格调，且长于古体，故梁启超首推其为“能熔铸新理想以入旧风格者”。有《人境庐诗草》《日本杂事诗》《日本国志》等。

① 银槎：一种银制的酒器。
② 阑斑：色彩错杂鲜明。

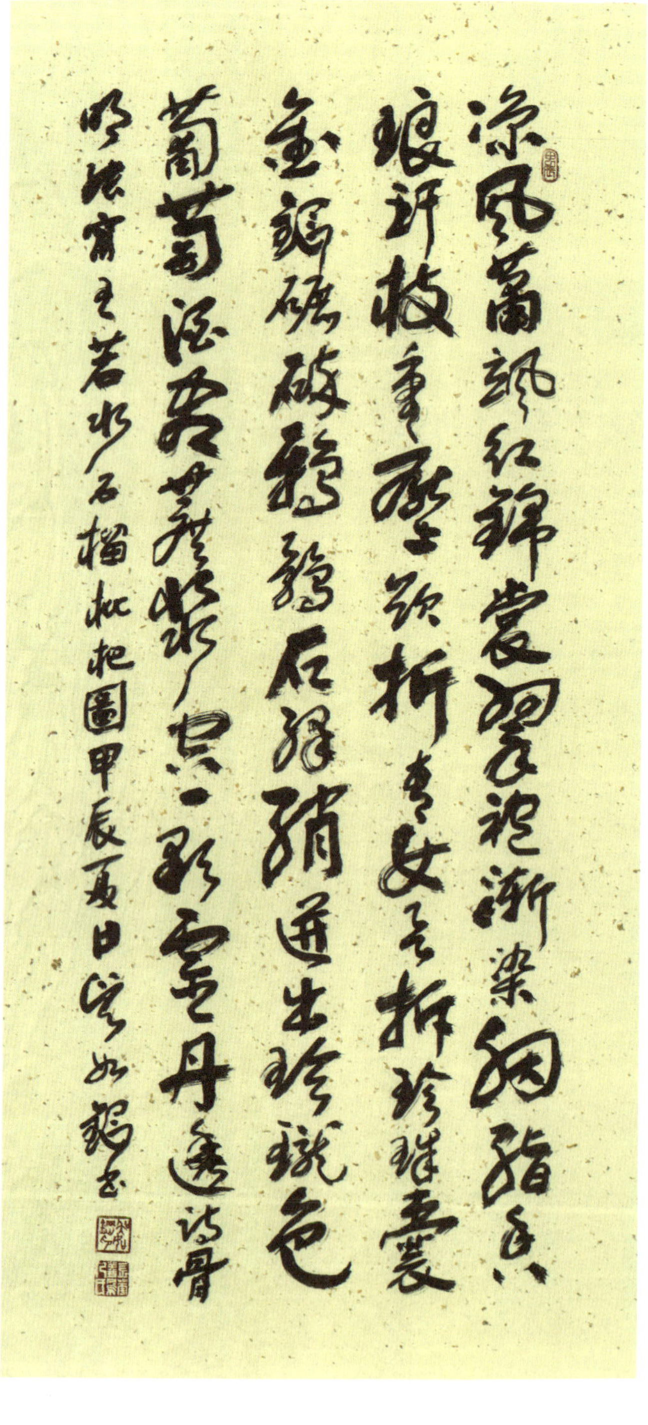

▶ 书法　王若水石榴枇杷图　吴如钢

水龙吟

文廷式

落花飞絮茫茫，古来多少愁人意。
游丝窗隙，惊飙[1]树底，暗移人世。
一梦醒来，起看明镜，二毛生矣。
有葡萄美酒，芙蓉宝剑，都未称，平生志。

我是长安倦客，二十年、软红尘里。
无言独对，青灯一点，神游天际。
海水浮空，空中楼阁，万重苍翠。
待骖鸾[2]归去，层霄[3]回首，又西风起。

文廷式（1856—1904），清末词人。字道希，号芸阁、纯常子，江西萍乡人。学问广博，兼擅诗词。诗宗晚唐，词学苏、辛，不乏感慨时事之作。著有《云起轩词钞》《文道希先生遗诗》《纯常子枝语》《补〈晋书·艺文志〉》《闻尘偶记》等，今人辑有《文芸阁先生全集》。

---

① 惊飙：突发的暴风；狂风。
② 骖鸾：谓仙人驾驭鸾鸟云游。
③ 层霄：高空。

陈敬如过衙斋[①]共晚餐而出徘徊桥下久而别去归而遂次其见投之韵

（其一）

范当世

劳尘入海化为沙，万劫销沈更不哗。
博望再生还有空，匈奴未灭岂无家。
云天夜醉葡萄酒，风露秋开菡萏花。
斟酌微吟[②]借筹[③]苦，宵来一笑悟津涯[④]。

范当世（1854–1905），清末文学家。字肯堂，号伯子，初名铸，字无错，江苏通州（今南通）人。古文取法桐城派，但不为所拘。诗学苏轼、黄庭坚，为同光体代表作家。与弟钟、铠齐名，称通州三范。有《范伯子诗集》《范肯堂文集》等。

① 衙斋：衙门里供职官燕居之处。
② 微吟：小声吟咏。
③ 借筹：为人谋划。
④ 津涯：范围；边际。

▶ 国画　贺兰山东麓葡萄园印象　马建军

无题三十首步悔痴韵

罗秀惠

闷无聊赖[1]剔银釭，明月缘悭[2]隔一窗。
象外逍遥空是色，花间形影独成双。
秋风作客偏输燕，枕梦惊魂醒吠龙[3]。
寂寞离愁何自遣，葡萄美酒木兰艭。

罗秀惠（1865–1943），字蔚村，号蕉麓，别署花花世界生。

① 聊赖：依赖。指生活上的凭借或精神上的寄托。
② 缘悭：无缘分。
③ 吠龙：吠叫的狗。

绿牡丹

王家枢

芳围昨夜鼠姑[1]风，青粉墙边露一丛。
痕醮鸭头春水皱，彩舒凤尾晓云笼。
琼筵[2]深映葡萄酒，金屋平添翡翠栊。
香国自饶清贵气[3]，笑他桃李斗嫣红。

王家枢，字卓臣，又字竹丞，家枚弟，艰于小试。光绪已亥，合江李紫璈大令宰江阴县试，正场拔第一。以葬亲，不与覆，李公嘉其孝行，赠诗有“难得锦标终不羡，王褒墓柏有馀哀”之句。

① 鼠姑：牡丹的别名。
② 琼筵：盛宴，美宴。
③ 贵气：高贵的气度。

虞美人

陈步墀

盛季莹太守景璇寄赠屈翁山先生象、粤东三家词钞、焦山志、魂粤庐余两集，用饮水词韵作答。

梧桐叶落秋风冷。盼断鱼鸿影。
忽看图籍[①]到金樽[②]。知是多情楼上照霞人[③]。

相逢曾泛葡萄酒。别去频回首。
屋梁怀月尚无眠。安得长为三柳拜君前。

陈步墀（1870—1934），字子丹，一字幼侪，又名慈云，号云僧。广东饶平（今澄海市）隆都镇前溪村人。有《绣诗楼集》，内有《双溪词》《十万金铃馆词》。

① 图籍：地图和户籍，常以指疆土人民。
② 金樽：酒樽。
③ 霞人：仙人。

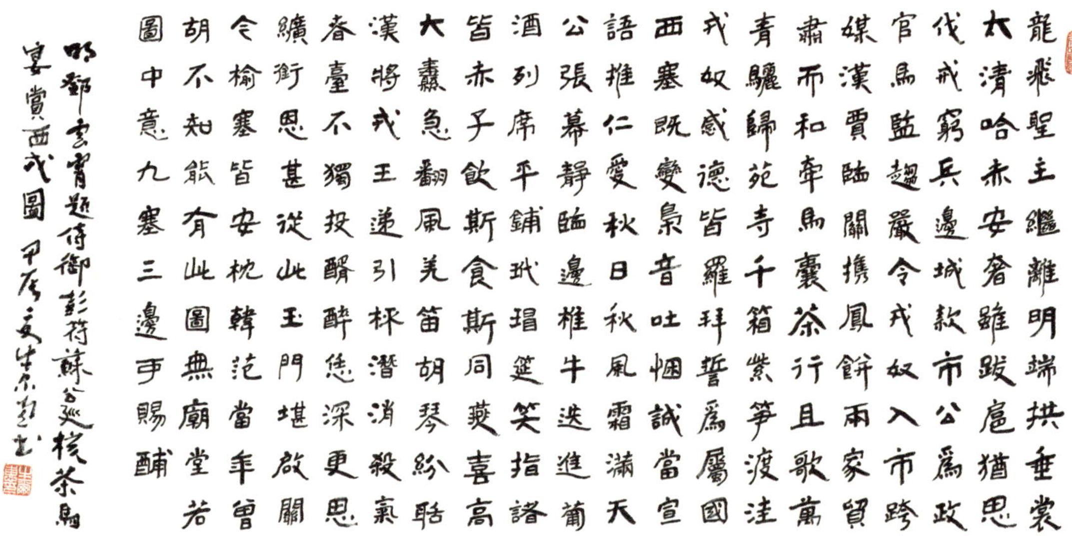
龍飛聖主繼離明端拱垂裳鏡
太清哈赤安奢雖跋扈猶思薄
伐戎窮兵邊城款市公爲政茶
官馬監趨嚴令戎奴入市跨龍
媒漢賈臨關攜鳳餅雨家貿易
肅帀和牽馬囊茶行且歌萬匹
青驪歸苑寺千箱紫筍渡洼河
戎奴感德皆羅拜誓爲屬國防
西塞既變梟音吐悃誠當宣天
語推仁愛秋日秋風霜滿天蘇
公張幕靜臨邊椎牛迭進葡萄
酒列席平鋪玳瑁筵笑指諸戎
皆赤子飲斯食斯同燕喜高牙
大纛急翻風羌笛胡琴紛聒耳
漢將戎王遞引杯潛消殺氣生
春臺不獨投醪醉恁深更思挾
纊銜恩甚從此玉門堪啟關祇
令榆塞皆安枕韓范當年曾備
胡不知能有此圖無廟堂若會
圖中意九塞三邊予賜酬
明鄭云霄題侍御彭符蘇公巡核茶馬宴賞西戎圖 甲辰夏牛爾惠書

▲ 书法　题侍御彭符苏公巡核茶马宴赏西戎图　牛尔惠

第六篇

近现代

骆驼山巅风光好，葡萄酒中情意浓。

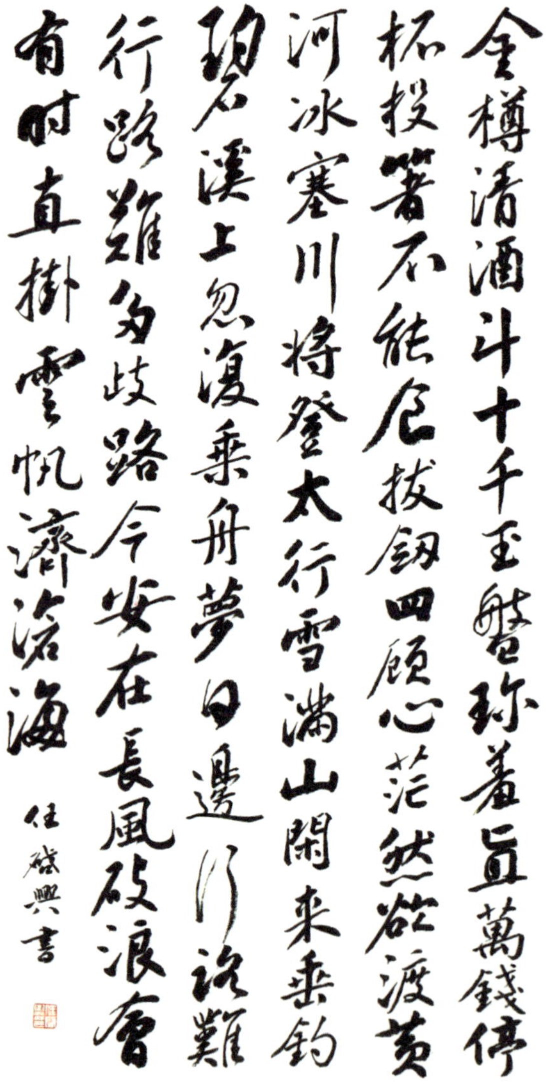
金樽清酒斗十千玉盤珍羞直萬錢停
杯投箸不能食拔劍四顧心茫然欲渡黃
河冰塞川將登太行雪滿山閑來垂釣
碧溪上忽復乘舟夢日邊行路難
行路難多歧路今安在長風破浪會
有時直掛雲帆濟滄海
任啟興書

▶ 书法 行路难 任启兴

范大当世由天津寄示和曾广钧诗感而酬之末章并及朝鲜兵事

（其一）

陈三立

何人日倚葡萄酒，笑看累累印系腰。
佛郁[1]鱼龙戏沧海，威仪鸾鹤[2]在神霄。
可堪微意支终古，聊有闲居便圣朝。
世上鸣虫镫火共，歌残鬓色落天飙。

陈三立（1853−1937），清末民国间诗人。字伯严，号散原，江西义宁（今修水）人。以诗名世，为同光体魁杰之一，取法黄庭坚，力避熟与俗，常以生涩硬拗之词，铸莽苍排奡之境，而自成家数。亦工古文。著有《散原精舍诗》《散原精舍文集》等。今人有校点本《散原精舍诗文集》。

① 佛郁：忧郁，心情不舒畅。

② 鸾鹤：仙人的骑乘。

骆驼山夜饮

袁　文

骆驼山[1]巅风光好，
葡萄酒中情意浓。
今宵畅饮同欢乐，
明朝天涯各自行。

袁文，清末甘肃人。

① 骆驼山：宁夏中卫北侧，山名。

大风雨中渡饮马河

连　横

短衣长剑出关遥，万里征人唱渡辽。
漠漠山河秋瑟瑟，凄凄风雨马萧萧。
歌翻敕勒[①]笳声[②]健，杯酌[③]葡萄酒力骄。
今夕松花江畔路，有人携手慰无聊。

连横（1878—1936），中国历史学家、诗人。字武公，号雅堂。对史学、文学、语言学和民俗学等均有较深研究。

① 敕勒：我国古代北方民族名。北魏时亦称铁勒、高车部。
② 笳声：胡笳吹奏的声音。
③ 杯酌：酒杯。借指酒或酒肴。

▲ 国画　祖国华诞七十年　雍进成

金缕曲·闻军中

张尔田

何处霜笳彻。
望高秋、毡庐四野，绣旗明灭。
摇动星河三峡影，坏垒乌头如雪。
听一阵、呜呜咽咽。
马上谁携葡萄酒，伴将军、醉卧沙场月。
冰堕指，泪流血。

男儿到此肝肠裂。
拥残镫、吴钩[1]笑看，梦魂飞越。
日暮金微移营去，白羽千军催发。
更几点、遥天鸿没。
驻马蓬莱传烽小，正咸阳、桥上人初别。
清夜起，唾壶缺。

张尔田（1874—1945），字孟劬，号遁庵，又号遁堪，一名采田。钱塘人。有《遁庵文集》《遁庵乐府》。

① 吴钩：泛指兵器。

清平乐

（其十二）

吴湖帆

脂香沾袖。
如醉葡萄酒。
诗意门藏栽五柳①。
宝树②芳邻彩寿。

动人似叩心弦。
柔情都绕灯前。
一笑眸回夙印，
今宵明月华圆。

吴湖帆（1884-1968），名燕翼，字东庄，号倩庵。江苏苏州人。南社社员，名画家、词人。有《吴湖帆画集》《佞宋词痕》。

---

① 五柳：指陶潜。泛指志趣高尚的隐士。

② 宝树：古代妇女首饰中的步摇。

▶ 国画 秋实大吉图 雍进成

儿童杂事诗乙编儿童故事诗

（其九）

周作人

太白儿时不识月，道是一张白玉盘。
无怪[①]世人疑胡种，葡萄美酒吃西餐。

周作人（1885—1967），原名櫆寿（后改为奎绶），字星杓，又名启明、启孟、起孟，笔名遐寿、仲密、岂明，号知堂、药堂、独应等。是鲁迅（周树人）之弟，周建人之兄。浙江绍兴人。中国现代著名散文家、文学理论家、评论家、诗人、翻译家、思想家，中国民俗学开拓人，新文化运动的杰出代表。

① 无怪：不足为奇。

宁夏贺兰山东麓酒庄分布图

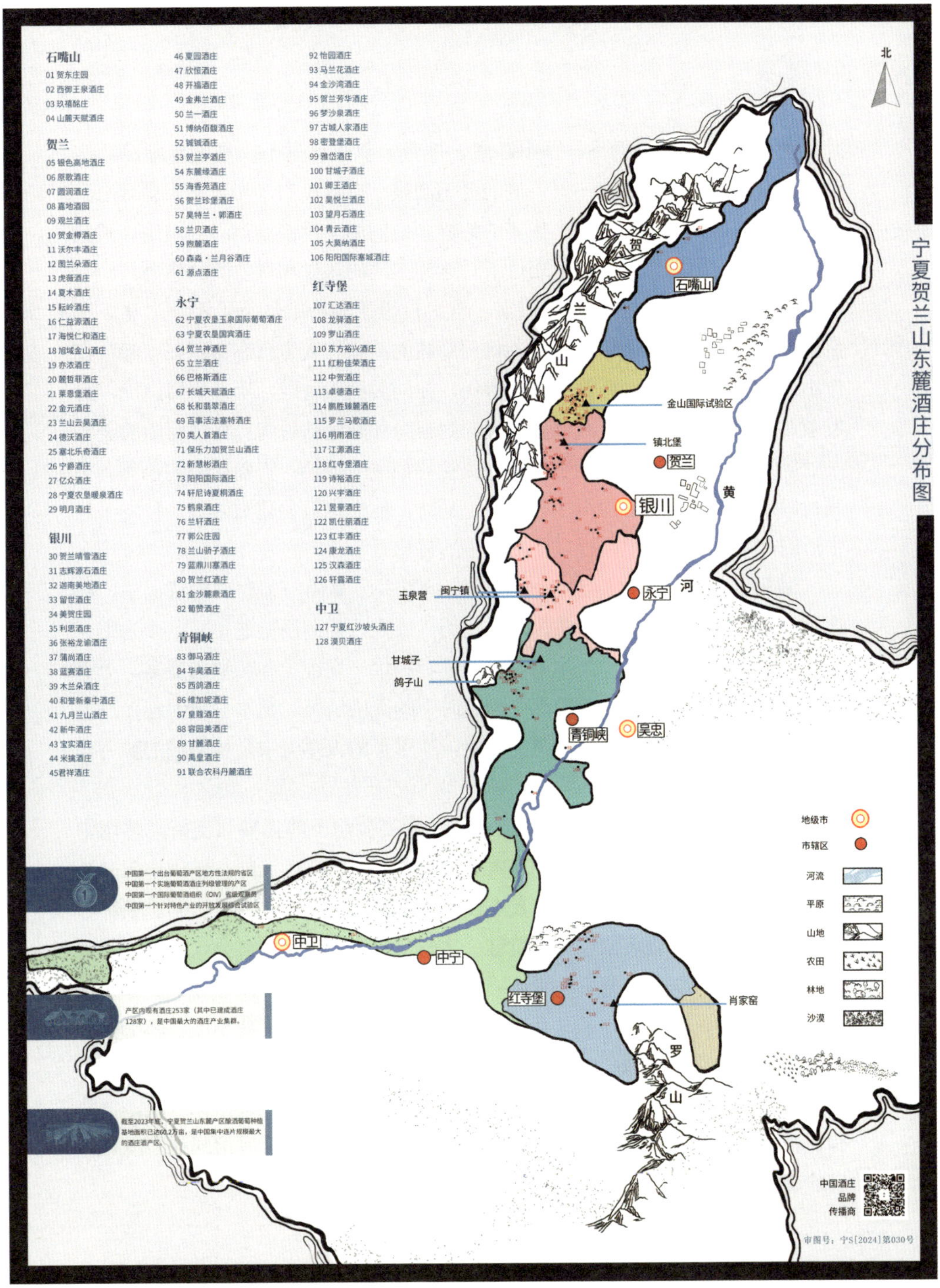

后记

黄河岸边、贺兰山下、塞上江南、神奇宁夏，这里不仅是宁夏葡萄酒产业的摇篮，也是中国瑰宝——诗词的灵感源泉。自古以来，无数文人墨客来到这里，为这片土地留下了许多优美的诗篇。他们用文字描绘黄河的浩荡、贺兰山的巍峨、田园瓜果的丰收，表达了对这片土地的热爱和对生活的感悟。

葡萄酒，作为人类文明的瑰宝，自古以来便与诗歌结下了不解之缘。从古至今，无数诗人用他们的笔墨，将葡萄酒的韵味与人生百态交织在一起，创作出了无数脍炙人口的诗篇。这些诗句，如同美酒般香醇，历经岁月沉淀，愈发散发着迷人的魅力。诗人们用敏锐的观察力和深邃的思考，将葡萄酒的美妙之处描绘得淋漓尽致。他们用生动的比喻和细腻的描绘，将葡萄酒的色泽、香气、口感等感官体验展现得栩栩如生。同时，他们也借葡萄酒之口，抒发了对生活的热爱、对友情的珍视以及对人生的哲思。

编写组从中国历代诗人创作的1800余首关于葡萄与葡萄酒的诗词中，精选了109首，结集出版《琼浆玉液——历代诗人咏葡萄酒精选集》，作为中国葡萄酒文化系列丛书之一。本书不仅为读者提供一场视觉和味觉的盛宴，更引领读者走进诗歌的世界，感受那份跨越时空的美酒情怀。愿本书成为连接过去与现在、人与自然、诗歌与美酒的桥梁，让更多的人感受宁夏葡萄酒的魅力和诗词的韵味。

感谢宁夏贺兰山东麓葡萄酒产业园区管委会给予的指导和支持。感谢中央文史研究馆副馆长、中国文学艺术界联合会副主席冯远老师；感谢中国书法家协会主席孙晓云老师；感谢宁夏人民出版社何志明社长、师传岩副总编辑、编辑赵亮；感谢书籍装帧设计师黄健；感谢宁夏诗词学会张嵩会长；感谢《宁夏广播电视报》李彦杰副总编辑；感谢宁夏作家张九鹏老师；感谢宁夏画家张少山、马建军、雍进成、王洪喜、孙晓磊、李东星、孙铭、马小加、郭士符、朱柳莉、陈景芝等老师；感谢宁夏书法家任启兴、黄超雄、唐宏雄、刘银安、牛尔惠、郭鸿光、吴如钢、刘志骋等老师；感谢摄影师张春荣、徐胜凯、李共和、祁瀛涛、郑海蓉、史华、王宁、郭万柏等老师；感谢编写组同仁。没有你们的支持和帮助，就没有这本书的诞生和出版。